SALTO

Natalia Ginzburg schreibt in diesen Erzählungen an ihrer Autobiographie weiter, erinnert die Lebensalter, ihren Alltag, ihr Arbeitsleben.

Sie wendet dabei dasselbe listige Verfahren an wie in ihrem berühmtesten Buch, dem »Familienlexikon«. Scheinbar bescheiden läßt sie ab von den großen Ereignissen und Gefühlen und beschränkt sich auf das, was ihr begegnet ist. Das freilich wird mit einer Genauigkeit und Gelassenheit erzählt, die das Private sofort verallgemeinert. Unter Tränen und Gelächter erkennen wir auf dem Umweg durch die Innenwelt die Außenwelt.

Das ist die große Kunst Natalia Ginzburgs: Sie unterhält den Leser durch Wiedererkennen und erklärt ihm zugleich die Welt.

»Mein Lieblingssatz von Natalia Ginzburg ist: *Man sollte nie Geld, Gefühle oder Gedanken auf die Seite legen, später braucht man sie nicht mehr.*«

Elke Heidenreich

Natalia Ginzburg
Nie sollst du mich befragen
Erzählungen

Aus dem Italienischen von Maja Pflug

Verlag Klaus Wagenbach Berlin

Inhalt

Ma tu resti sulla strada
sconosciuta ed infinita.
Tu non chiedi alla tua vita
che restare ormai com'è.

Sandro Penna

Doch du bleibst auf dem Weg
unbekannt und ohne Ende.
Du verlangst vom Leben nur noch,
daß es so bleibt, wie es ist.

Für Gabriele

Die Wohnung

*V*or Jahren, nachdem wir eine Wohnung verkauft hatten, die wir in Turin besaßen, machten wir uns daran, eine Bleibe in Rom zu suchen; und diese Suche dauerte sehr lange.

Ich wünschte mir schon seit Jahren ein Haus mit Garten. Als Kind hatte ich in Turin in einem Haus mit Garten gewohnt: und das Haus, das ich mir vorstellte und wünschte, glich jenem. Ich würde mich nicht mit einem mageren Gärtchen zufriedengeben, Ich wollte Bäume, einen Brunnen aus Stein, Büsche und Pfade: ich wollte all das, was es im Garten meiner Kindheit gegeben hatte. Wenn ich donnerstags und sonntags die Anzeigen im »Messaggero« las, hielt ich bei jenen inne, in denen stand: »Villa mit großem Garten, zweitausend Quadratmeter, alter Baumbestand«. Doch bei einem Anruf bei der in der Anzeige vermerkten Telefonnummer erfuhr ich, daß die »Villa« dreißig Millionen kostete. Wir besaßen keine dreißig Millionen. Allerdings sagte die Stimme, die mir am Telefon antwortete, manchmal »dreißig Millionen Verhandlungsbasis«: und jenes Wort, »Verhandlungsbasis«, hinderte mich daran, ganz auf jene zweitausend Quadratmeter zu verzichten, die ich nicht zu besichtigen gewagt hatte, mir aber herrlich vorstellte: jene »Verhandlungsbasis« kam mir vor wie ein glatter Boden, auf dem man bis zu der Summe, die wir hatten, also weit unter dreißig Millionen, schlittern konnte. Pünktlich jeden Donnerstag und jeden Sonntag sah ich die Anzeigen im »Messaggero« durch. Ich übersprang alle, die mit »Aaaaa« begannen: Ich weiß nicht, warum, aber ich mißtraute all jenen »a«'s. Nicht, daß ich den Agenturen der Immobilienmakler mißtraute. Ich hätte mich auch an einen Makler gewandt (ich suchte sogar tatsächlich mehrere auf). Aber ich übersprang einfach die »aaa«'s. Da ich einen Garten wollte, und deshalb ein Haus oder auch eine Wohnung im Erdgeschoß, übersprang ich auch die Annoncen, die mit »Dachterrassenwohnung«, »Superdachterrassenwohnung«, »Panoramablick« begannen. Ich stürzte mich auf die, die mit »Villa«, »Villino«, »Villinetto« anfingen. »Villa, Diplomatenwohngegend, hervorragend ausgestattet, großer Garten«; »Herrschaftliche Villa, eindrucksvoll, geeignet für Persönlichkeit, Schauspieler, Akademiker, Industriellen. Zentralheizung. Park«. Nachdem ich zwei oder drei »Villinetti« angeschaut und gefunden hatte, daß sie äußerst unattraktiv waren und der Garten nur aus einem schmalen gepflasterten Gehsteig bestand, der von einer Hecke umgeben war, begann ich immer häufiger, die »Villinetti« auszusondern und mit dem Bleistift die »Villen« zu unterstreichen. »Villa, zehn Zimmer, großer Salon, Innenhof, Kachelböden, Heizung, Garten mit Baumbestand.« »Villa, dreistöckig, großer Park, gut geeignet für diplomatische Vertretung, religiöse Gemeinschaften, billigst abzugeben.« Ich verweilte auch einen Augenblick bei Annoncen und Häusern und Grundstücken außerhalb Roms und stellte mir vor, wir könnten uns auf dem Land niederlassen: »Nähe Frosinone, Kiesgrube an Straße mit darüberliegendem Olivenhain billigst abzugeben – Gelegenheit!« Mein Mann warf einen Blick auf die Anzeigen, die ich angestrichen hatte, und fragte mich, was wir mit einer Villa für religiöse Gemeinschaften anfangen sollten, wir, die wir keineswegs eine religiöse Gemeinschaft waren, und vor allem, was wir mit einer »Kiesgrube« in der Gegend von Frosinone anfangen sollten, wir, die wir in Rom leben mußten und eine Wohnung brauchten.

In der ersten Zeit enthielt sich mein Mann der Suche und sah mir, wenn ich die Annoncen anstrich, zu, als wäre ich einem milden Wahnsinn verfallen. Er pflegte zu sagen, daß es ihm in der Mietwohnung, in der wir lebten, im

Grunde ausgezeichnet ging, obwohl er zugeben mußte, daß es ein wenig eng war. Doch manchmal räumte er – wenn auch mit wenig Überzeugung – ein, daß es vielleicht angebracht wäre, eine Wohnung zu kaufen, weil das Geld für die Miete zum Fenster hinausgeworfen sei; aber in der ersten Zeit, ich wiederhole es, war meine Suche ein einsames und leicht wahnsinniges Unterfangen; ich las ihm die Annoncen aus dem »Messaggero« laut vor, er hörte gewöhnlich in einem ironischen und verächtlichen Schweigen zu, das mich entmutigte und mich zugleich immer mehr auf den Weg des Wahnsinns drängte. Da es mir unmöglich erschien, ein Haus zu kaufen, wenn seine Zustimmung fehlte, verfolgte ich unrealisierbare Träume und Schatten und wußte dabei genau, daß sie sowieso zu nichts führen würden. Ich ging auch ein paar Häuser besichtigen, die in jenen Anzeigen annonciert waren, und mein Mann wußte, daß ich hinging, aber er weigerte sich mitzukommen; und ich fühlte, daß mich bei jenen Unternehmungen sein absolutes Mißtrauen gegenüber meiner Fähigkeit, eine Wohnung zu finden, begleitete. Dann auf einmal begann mein Mann, sich auch an der Wohnungssuche zu beteiligen. Diese plötzliche Entschlossenheit rührte, glaube ich, daher, daß er sich mit einem Schwager beriet, der ihm sagte, es wäre ganz schlecht, wenn wir in einem solchen Moment eine Wohnung kauften, da die Wohnungspreise in einigen Jahren wieder fallen würden: eine Vorhersage, die sich dann als falsch herausstellte, denn die Wohnungen in Rom werden immer teurer. Es wäre also zweckmäßig für uns, zu warten, bis die Preise heruntergingen. Mehrmals hatte ich Gelegenheit gehabt zu beobachten, daß mein Mann jenen Schwager um Rat zu fragen pflegte, um genau das Gegenteil dessen zu tun, was er vorschlug: obgleich er, mein Mann, stets fortfuhr, die große Umsicht und Weisheit jenes Verwandten zu rühmen und die Notwendigkeit zu betonen, daß man ihn in jeder Angelegenheit ökonomischer oder praktischer Natur konsultieren müsse, das heißt, in allen Dingen, in denen er selbst sich unzulänglich fühlte. Mein Vater dagegen schrieb mir dauernd aus Turin und drängte uns, eine Wohnung zu kaufen, oder vielmehr, wie er sich auszudrücken pflegte, »ein Quartier«: was in der archaischen Sprache, die er vor allem in Briefen benutzte, soviel bedeutete wie Wohnung. Jetzt, in der für uns zu engen Mietwohnung, ließen wir das Dienstmädchen im Eßzimmer schlafen, was mein Vater unhygienisch fand, und eines der Kinder im Arbeitszimmer, was mein Vater höchst unschicklich fand. Was meine Schwiegermutter anging, so riet sie uns von einem Wohnungswechsel ab, weil die Mietwohnung, in der wir zur Zeit lebten, gelbe Fußböden hatte und diese ein Licht ausstrahlten, welches den Teint verschönte: und sie empfahl uns, wenn wir unbedingt eine Wohnung kaufen wollten, den Besitzer zu überreden, uns diese zu verkaufen: was, wie wir ihr mehrfach zu erklären versucht hatten, undurchführbar war, denn weder wollte der Besitzer sie uns verkaufen, noch wollten wir sie, aus verschiedenen Gründen, kaufen.

Es gab also zwei Phasen bei der Suche: eine, in der ich allein suchte, eifrig, aber zugleich verschüchtert und zaghaft, weil das Mißtrauen und der Argwohn meines Mannes mich angesteckt hatten: und weil ich es, bei meinen Unternehmungen praktischer Natur, immer brauche, daß mich die Zustimmung eines anderen Menschen begleitet. Dann gab es eine zweite Phase, in der mein Mann mit mir zusammen Wohnung suchte. Als er begann, mit mir zusammen Wohnung zu suchen, entdeckte ich, daß die Wohnung, die er wollte, in nichts der glich, die ich wollte. Ich entdeckte, daß ihm, genau wie mir, eine ähnliche Wohnung vorschwebte wie die, in der er seine Kindheit verbracht hatte. Da meine und seine Kindheit sich nicht glichen, war die Meinungsverschiedenheit zwischen uns unüberbrückbar. Ich wünschte mir, wie schon gesagt, ein Haus mit Garten oder eine Wohnung im Erdgeschoß; sie durfte auch ein wenig dunkel sein, mit Grün rundherum, Efeu, Bäumen; er war, da er einen Teil seiner Kindheit in der Via dei Serpenti und einen Teil in Prati verbracht hatte, von Wohnungen angezogen, die in einer dieser beiden Gegenden Roms lagen. Bäume und Grün waren ihm egal. Er wollte vom Fenster aus Dächer sehen: antike Mauern, bröckelnd, von der Zeit zernagt, geflickte Wäsche in feuchten Gassen flatternd, moosbewachsene Dachziegel, rostige Regenrinnen, Kamine, Glockentürme. So begannen wir zu streiten: weil er alle Wohnungen ausschloß, die mir gefielen, und fand, daß sie zuviel kosteten oder irgendwelche Mängel hatten: und da er nun auch angefangen hatte, die Anzeigen durchzusehen, strich er mit seinem Bleistift nur die Wohnungen an, die im Zentrum von Rom lagen. Er kam mit mir, um die Wohnungen zu besichtigen, für die ich mich interessierte, doch sein Gesicht war, noch bevor wir die Treppe hinaufstiegen, so finster, sein Schweigen so zornig und verächtlich, daß ich es als unmögliches Unterfangen empfand, ihn dazu zu bewegen, sich mit menschlichen Augen umzusehen oder ein paar höfliche Worte mit dem Portier oder dem Besitzer zu wechseln, die vor uns hergingen und die Fensterläden öffneten. Daraufhin sagte ich ihm, wie unangenehm mir seine Art war, mit den armen Portiers oder den armen Hausbesitzern umzugehen, die ja keinerlei Schuld traf, wenn ihm ihre Wohnungen nicht gefielen; und nachdem ich diese Bemerkung gemacht hatte, wurde er den Portiers und Hausbesitzern gegenüber überaus freundlich, zeremoniell, beinahe unterwürfig: er zeigte großes Interesse an der Wohnung, steckte die Nase in die Wandschränke, sagte sogar, welche Renovierungsarbeiten nützlich wären: und ich ließ mich die ersten Male täuschen und gab mich der Illusion hin, daß die Wohnung, die wir gerade besichtigten, ihm ein wenig gefiele; doch es dauerte nicht lange, bis ich verstand, daß sein freundliches Gebaren ironisch mir gegenüber gemeint war, und daß die Idee, eine solche Wohnung zu nehmen, ihn nicht einmal streifte.

Ich erinnere mich mit äußerster Genauigkeit an die Verkommenheit gewisser Wohnungen, die mich interessierten, gewisser Häuser in Monteverdevecchio, vergilbt, baufällig, in einem Zustand trostloser Verlassenheit: feuchte Gärtchen, lange dunkle Flure, schmiedeeiserne Lampen mit schwachem Lichtschein, kleine Wohnzimmer mit farbigen Fensterscheiben, in denen alte Frauen vor dem Kohlebecken saßen; Küchen mit dem Geruch nach Spülstein. Und an die Verkommenheit der Wohnungen, die ihn interessierten: lange Reihen von Zimmern, die so groß waren wie Kornspeicher, mit Fußböden aus Ziegelstein und weißgekalkten Wänden, von der Decke hängenden Tomatenbündeln, Stehklos, schmalen Balkons auf Höfe, die tief und feucht waren wie Brunnenschächte, Terrassen, wo Haufen von Lumpen faulten. Wir liebten also zwei Arten von eindeutig verschiedenen Häusern; doch es gab eine Sorte Haus, die wir beide haßten. Wir haßten beide und in gleichem Maße die Häuser in Parioli, halbneu, prächtig und eisig, die auf Straßen schauten, wo es kein einziges Geschäft gab und nur Schwärme von *Nurses* mit blauem Schleier herumliefen, mit Kinderwagen, leicht und schwarz wie Insekten. Und wir haßten beide die Häuser im Stadtteil Vescovio, eingezwängt in ein Knäuel von Straßen und Plätzen voller Feinkostläden und Drogerien, überdachten Märkten und Straßenbahnschienen. Dennoch gingen wir auch diese Sorte Häuser besichtigen, die wir haßten. Wir gingen sie besichtigen, weil wir inzwischen beide vom Dämon der Wohnungssuche besessen waren; wir gingen hin, um sie noch mehr zu hassen, um uns mit Schrecken einen Augenblick lang vorzustellen, wir wären wie Goldfische in einem Becken nach Parioli verbannt oder stünden auf jenen kleinen Balkons, die wie Blumenkörbchen aussahen. Wenn wir dann müde in unsere Mietwohnung mit den gelben Fußböden zurückkehrten, fragten wir uns, ob es uns wirklich so wichtig war umzuziehen. Im Grunde war es uns nicht besonders wichtig. Im Grunde ging es uns auch hier recht gut. Ich kannte in der Wohnung jeden Fleck an der Wand, jeden Riß in der Mauer, die dunklen Halbkreise, die sich über den Heizkörpern gebildet hatten; ich kannte das Getöse der Eisenplatten, die vor dem Haustor abgeladen wurden, da unser Hausherr direkt neben dem Tor eine Werkstatt hatte: Wenn wir zu ihm gingen, um die Miete zu bezahlen, empfing er uns beim Flackern des Schneidbrenners und dem Brummen der Motoren. Jedesmal, wenn wir ihm die Miete bezahlten, schien unser Hausherr erstaunt zu sein, jedesmal schien er vergessen zu haben, daß er uns die Wohnung vermietet hatte; er schien uns kaum zu erkennen, obwohl er sich immer sehr höflich zeigte: Er schien einzig und allein in seine Werkstatt vertieft und in die Ankunft jener großen Eisenplatten, die mit dumpfem Getöse aufs Pflaster polterten. Ich hatte mir in jener Wohnung meine Höhle gegraben. Es war eine Höhle, in der ich mich, wenn ich traurig war, wie ein kranker Hund versteckte, meine Tränen trank und meine Wunden leckte. Ich fühlte mich darin wie in einem alten Strumpf. Warum umziehen? Jede andere Wohnung wäre mir feindlich gewesen, und ich hätte mit Abscheu darin gewohnt. Wie in einem Alptraum sah ich alle Wohnungen an mir vorbeiziehen, die wir besichtigt hatten und von denen wir einen Moment lang geglaubt hatten, wir könnten sie kaufen. Alle flößten mir ein Gefühl von Abscheu ein. Wir hatten daran gedacht, sie zu kaufen, doch in dem Augenblick, in dem wir beschlossen hatten, darauf zu verzichten, hatten wir eine tiefe Erleichterung empfunden, hatten aufgeatmet wie jemand, der durch ein Wunder einer tödlichen Gefahr entronnen ist.

Aber konnte vielleicht jede Wohnung mit der Zeit zu einer Höhle werden? Und mich in ihrem wohltuenden, lauen, beruhigenden Halbdunkel aufnehmen?

Oder war es nicht vielleicht eher so, daß ich in gar keiner Wohnung leben wollte, in gar keiner, weil der Haß, den ich fühlte, sich nicht gegen die Wohnungen richtete, sondern vielmehr gegen mich selbst? Und war es nicht so, daß alle Wohnungen recht sein konnten, alle, wenn nur jemand anders sie bewohnte und nicht ich?

Dann setzten wir selbst eine Annonce in den »Messaggero«. Beim Abfassen dieser Annonce stritten wir lange. Zum Schluß lautete der Text folgendermaßen: »Wohnung zu kaufen gesucht in Prati oder Monteverdevecchio, fünf Zimmer, Terrasse oder Garten«. Das Wort »Terrasse« hatte mein Mann gewollt, weil er Terrassen liebte und, wie sich nach und nach herausgestellt hatte, Gärten haßte: Die Gärten, sagte er, bekommen von den darübergelegenen Balkons Staub und Müll ab. So zerbrach mein Traum von einem Garten: weil eine Müllwolke über jenen »alten Baumbestand« und jene schattigen Pfade hereinbrach, die meine Phantasie ersonnen hatte. Auf diese Annonce antworteten einige Personen: Aber die Wohnungen, die sie anboten, lagen weder in Prati noch in Monteverdevecchio und hatten keinerlei Terrasse oder Garten. Dennoch gingen wir sie besichtigen. Noch zehn Tage nach der Annonce läutete unser Telefon, und es wurden uns Wohnungen angeboten. Das Telefon läutete eines Abends um zehn: Ich nahm ab und hörte eine mir unbekannte, kräftige, begeisterte und siegesgewisse Männerstimme, die sagte:

»Hallo! Hier spricht Commendator Piave! Ich habe eine phantastische Wohnung an der Piazza della Balduina! Sie ist bildschön! Es gibt eine Sprechanlage! Im Herrschaftsbadezimmer steht eine schwarze Alabastersäule mit Mosaiken, die grüne Fische darstellen! Wann kommen Sie die Wohnung besichtigen? Rufen Sie mich an, wenn ich nicht da bin, antwortet meine Frau! Es gibt eine Sprechanlage! Ihr Mann kommt um eins mit dem Auto heim, von der Portiersloge aus gibt er Ihnen Bescheid, daß Sie die Spaghetti ins kochende Wasser werfen können! Es gibt auch eine Garage! Wann kommen Sie? Meine Frau und ich werden glücklich sein, Sie kennenzulernen, wir können zusammen Tee trinken, ich begleite sie mit dem Auto zu der Wohnung, ich habe einen Sportwagen! Meine Frau fährt nicht Auto, ich fahre jetzt schon seit siebzehn Jahren, die Wohnung hatte ich für meine Tochter bauen lassen, aber sie ist nach São Paolo do Brasil gezogen, mein Schwiegersohn ist Brasilianer, er handelt mit Stoffen, sie haben sich in Fregene kennengelernt. Ich habe auch eine Villa in Fregene, ein Schmuckstück, die verkaufe ich nicht, glauben Sie bloß nicht, daß ich die verkaufen will, jedes Wochenende fahren meine Frau und ich dort hin! Ich habe einen Sportwagen!«

Obgleich ich nunmehr seit vielen Jahren in Rom wohnte, wußte ich nicht, wo die Piazza della Balduina lag. Ich fragte meinen Mann, und er sagte, das sei eine Gegend, die er hasse.

Bei drei oder vier Wohnungen waren wir wirklich ganz nahe daran, sie zu kaufen. Gewöhnlich hielt unsere Lust, eine Wohnung zu kaufen, zwei Wochen an. In den beiden Wochen taten wir nichts anderes, als sie zu jeder Tageszeit zu besichtigen; Wir schlossen Freundschaft mit dem Portier und gaben ihm Trinkgelder; und wir nahmen unsere Kinder mit hin, dann meine Schwiegermutter, und zum Schluß jenen Schwager, dessen große Weisheit mein Mann immer lobte. Unsere Kinder ließen sich bitten, bevor sie mitkamen, sie erklärten, Wohnungen seien ihnen egal, und waren skeptisch, ob wir überhaupt je eine kaufen würden: Wir erschienen ihnen zu unschlüssig. Meine Schwiegermutter achtete vor allem auf die Fußböden: Wenn es zum Beispiel ein paar lose Kacheln gab, zog sie daraus negative Rückschlüsse auf den Zustand der ganzen Wohnung. Was unseren Schwager betraf, so pflanzte er sich gewöhnlich groß und ernst im Eingang auf und betrachtete die Wände, dabei hielt er eine Hand in die Jacke geschoben, klopfte mit den Fingern rhythmisch auf die Brust und wiegte sich auf den Fersen: Sein Urteil war immer negativ, bei allen Wohnungen, und vor allem was die Idee anging, eine davon zu kaufen; jedoch gelang es ihm, in jeder Wohnung andere, immer beunruhigende Mängel auszumachen: Entweder wußte er von seinen Informanten, daß das Unternehmen nicht seriös war, oder er wußte, daß genau dort ein Wolkenkratzer hingebaut werden sollte, weshalb man dann nichts mehr sehen würde; oder er wußte, daß in der ganzen Gegend die Häuser bald abgerissen werden sollten, die Besitzer enteignet und gezwungen, anderswohin auszuwandern; und dann gab es keine Wohnung, die seiner Meinung nach nicht dunkel, feucht, schlecht gebaut oder übelriechend war; und er behauptete, die einzigen Wohnungen, die wir in Betracht ziehen könnten, seien solche, die vor zwanzig Jahren gebaut wurden, nicht früher und nicht später: und das waren genau die, die uns nicht gefielen.

Die erste Wohnung, die wir ernsthaft zu kaufen gedachten, lag in der Nähe des Viale Trastevere. Später nannten wir sie, wenn wir uns an sie erinnerten, »Montecompatri«, denn da sie sich oben auf einer Art Hügel befand, sagte mein Mann, daß man dort ganz reine Luft atmete. »Ist dir das klar«, sagte er, »daß die Luft da ist, als wäre man in Montecompatri?.«. »Montecompatri« war ein noch nie bewohnter Neubau. Er stand steil über dem Abgrund einer bewaldeten Schlucht, die bis zur Straße hinunterreichte, bis zu einer Stelle, wo der Viale Trastevere sich zu einem Platz erweiterte, auf dem ein Vergnügungspark eingerichtet worden war. Heute, einige Jahre später, existiert diese bewaldete Schlucht nicht mehr, und der Vergnügungspark auch nicht. Heute gibt es dort nichts als Häuser, so viele, daß es mir, wenn ich dort vorbeikomme, unmöglich ist, das Haus zu erkennen, in dem wir damals eine Wohnung kaufen wollten und das, schmal und hoch wie ein Turm, über dem Abgrund stand. Es gab dort eine Terrasse und ein großes Wohnzimmer mit breiten Fenstern, die auf jenen wilden grünen Abhang hinaussahen, und wir gingen mehrmals bei Sonnenuntergang hin, weil das Panorama zu jener Stunde trostlos und feierlich war, die Stadt loderte in der Ferne zwischen Feuerwolken. Das Haus gehörte einer Firma, deren Telefonnummer auf einem Pappschild stand: Es war mitten in der grünen Schlucht an einem Pfahl befestigt; aber die Nummer war immer besetzt, oder es nahm niemand ab; der Portier sagte, wir sollten es beharrlich weiter versuchen, was wir auch taten, aber ohne Erfolg. Der Portier war ein sehr netter, freundlicher Mensch, und ihm schien viel daran zu liegen, daß wir die Wohnung bekämen. Eines Tages gingen wir hin, entschlossen, sie zu kaufen: Es war drei Uhr nachmittags, im Sommer, die Sonne brannte senkrecht auf die Terrasse mit ihren glühenden Kacheln herunter; uns war, als stiege aus dem Abgrund ein starker Müllgeruch auf: In der Tat schmorte ein Haufen Müll, auf den wir bisher nie weiter geachtet hatten, wenige Meter oberhalb des Vergnügungsparks im Gras in der Sonne. Der Vergnügungspark lag stumm und menschenleer, die großen Räder standen still, und die Planen waren heruntergelassen; in der Ferne kochte die Stadt vor einem gleißend blauen Himmel. Ich dachte, daß ein solches Panorama vielleicht wundervoll war, aber Selbstmordgedanken heraufbeschwor.

So flohen wir für immer aus jenem Haus. Mein Mann sagte, ihm sei aufgefallen, daß die Treppe zu schrecklich sei: verspielt und affektiert, und im Eingang säße eine große schwarzgoldene Spinne, zwei Schritte von dem Stübchen des netten Pförtners entfernt. Mein Mann sagte, daß er es nicht aushalten würde, jeden Tag diese Spinne zu sehen.

Danach begeisterten uns zwei Wohnungen, die nebeneinander lagen und beide zum Verkauf angeboten wurden. Sie waren in der Nähe der Piazza Quadrata: eine Gegend, die mein Mann haßte. Ich dagegen liebte die Umgebung der Piazza Quadrata, weil ich dort viele Jahre zuvor gelebt hatte, als ich meinem Mann noch nie begegnet war, nicht einmal wußte, daß es ihn gab, Rom von den Deutschen besetzt war und ich mich in einem Nonnenkloster in jener Gegend versteckt hatte; und ich dachte, daß ich in Rom alle die Orte liebte, wo ich in dem einen oder anderen Augenblick meines Lebens Wurzeln geschlagen, gelitten, an Selbstmord gedacht hatte, die Straßen, die ich entlanggegangen war, ohne zu wissen wohin.

Die eine der beiden Wohnungen in der Nähe der

Piazza Quadrata hatte einen Garten: Meinem Mann gefiel an dieser Wohnung vor allem die Treppe, die in den Keller führte, wo sich eine riesige Küche und ein langes, schmales Eßzimmer befanden. Im allgemeinen schauten wir, wenn uns eine Wohnung ein wenig gefiel, immer wieder die Stellen und Zimmer an, die uns zusagten, und versuchten, über den Rest hinwegzusehen; also stieg mein Mann immer wieder jene Treppe hinauf und hinunter, die aus Mahagoni war, poliert, und von der er behauptete, sie sei »englischer Stil«: Er stieg hinauf und hinunter und tätschelte das Geländer, als ob es die Kruppe eines Pferdes wäre. Zusammen bewunderten wir die Küche, die mit lustigen blaugeblümten Kacheln ausgestattet war. Aus Liebe zu der Treppe und zur Küche waren wir bereit, darüber hinwegzugehen, daß für uns ein Zimmer fehlte: Wir würden eine Trennwand einziehen und von einem Flur ein Zimmerchen abzwacken; und mein Mann schien sowohl den Haß vergessen zu haben, den er für jene Gegend empfand, als auch das, was er immer über Gärten gesagt hatte, in die es von allen Balkons Abfall und Staub regnet. Im Garten stand eine kleine efeubewachsene Statue und eine Laube mit steinernen Bänken; wir überlegten uns, daß wir im Garten einen kleinen Pavillon hätten bauen können, in dem wir eines unserer Kinder hätten schlafen lassen, so wäre das Problem des fehlenden Zimmers gelöst gewesen. Die Wohnung daneben hatte keinen richtigen Garten, sondern nur einen schmalen grünbewachsenen Schlauch: und an dieser Wohnung gefiel uns besonders ein Zimmer mit einem Erker, der auf den Garten der anderen Wohnung hinausging: Das Zimmer war mit weiß-goldenen Möbeln eingerichtet, die uns sehr schön erschienen, aber selbstverständlich würde der Besitzer sie mitnehmen: Wir verweilten lange in jenem Zimmer, weil es uns gefiel und weil wir versuchten herauszufinden, ob wir lieber von oben, aus jenem reizenden Erker, auf den Garten blicken oder lieber in der Laube versteckt auf den Erker blicken wollten. Schön wäre gewesen, sagte ich, wenn wir beide Wohnungen hätten kaufen können. Aber mein Mann machte mich darauf aufmerksam, daß wir nicht einmal das Geld hatten, um eine davon zu kaufen; ich sei, sagte er, größenwahnsinnig und verrückt. Wir stritten schrecklich über diese beiden Wohnungen. Nicht, daß mein Mann eine Vorliebe für eine von beiden gehabt hätte oder ich eine der anderen vorgezogen hätte: nein, wir hegten beide große Zweifel und beschuldigten uns gegenseitig, nicht entscheiden zu können; außerdem begann mein Mann wieder zu sagen, daß er die Gegend um die Piazza Quadrata schon seit frühester Kindheit verabscheute. Als wir unsere Kinder fragten, sagten sie, daß auch sie jene Gegend verabscheuten, daß es ihnen aber gefallen hätte, im Pavillon im Garten zu schlafen: in dem Pavillon, den es noch nicht gab, um den sie sich aber zankten, weil jeder von ihnen ihn für sich wollte. Was meine Schwiegermutter anbelangte, so kam sie eines Tages mit, um die Wohnung mit dem richtigen Garten zu besichtigen, aber wir hatten ausgerechnet einen Vormittag getroffen, an dem im Wohnzimmer die Fußböden herausgerissen und geteert wurden; und an der Art und Weise, wie der Teer aufgetragen wurde, glaubte meine Schwiegermutter zu erkennen, daß dieser Boden nie in Ordnung sein würde, daß er uns immer Ärger und Probleme machen würde; resolut riet sie uns davon ab, jene Wohnung zu kaufen, und dementsprechend auch die andere, die man an jenem Tag nicht besichtigen konnte; aber auch dort, sagte meine Schwiegermutter, waren die Fußböden bestimmt genauso schadhaft.

Nach einer Zeit, in der ich alle Wohnungen in Rom haßte, kam es mir dann eine Weile so vor, als liebte ich sie alle gleichermaßen, so daß es mir unmöglich war, mich für eine zu entscheiden; dann, als klar war, daß wir weder die Wohnung mit dem Erker noch die Wohnung mit dem Garten kaufen würden, begann ich sie wieder alle zu hassen. Unterdessen erhielt ich von meinem Vater Briefe, die unweigerlich mit folgenden Worten begannen: »Ich möchte Dir sagen, daß Du gut daran tätest, Dich zu entscheiden, eine Wohnung zu kaufen.«

Und ab und zu läutete das Telefon, und man hörte die übliche kräftige und freudig erregte Stimme:

»Hallo! Hier spricht Commendator Piave! Sie sind noch nicht gekommen, um meine Wohnung an der Piazza della Balduina anzuschauen! Sie ist phantastisch! Die Fensterbretter sind alle aus schwarzem Onyx, der Fußboden im Wohnzimmer ist aus Marmor! Es gibt eine Sprechanlage! Ich kann Ihnen auch einige Pflanzen abtreten, die Sie ins Wohnzimmer stellen können, meine Frau hat eine rosa Azalee, die wirklich prachtvoll ist! Meine Frau ist eine Pflanzennärrin!«

Dann gab es noch ein Haus, das wir beinahe gekauft hätten. Es war ein Haus, das absolut keine Vorzüge hatte, außer dem, daß es billig war. Es befand sich ebenfalls in der Nähe des Viale Trastevere, an einer ansteigenden Straße, die, wenn man noch etwa zwanzig Minuten weiterging, zum Giannicolo führte. »Ist dir klar, daß man von hier aus in wenigen Minuten auf dem Giannicolo ist?« sagte mein Mann zum Lob des Hauses. Von den Fenstern aus sah man den Giannicolo allerdings nicht; man sah einfach gar nichts von den Fenstern aus, nichts, außer einem Blechdach und einer gelblichen Brandmauer, anderen Häusern, weder hoch noch niedrig, und der Straße. Die Straße war ruhig, gewöhnlich recht menschenleer. Das Haus war zweistöckig: ein »Villinetto«. Es lag zwischen einem Matratzengeschäft und einem Weinhändler. Es hatte eine graue Eingangstür mit Türklopfer. Es hatte eine Terrasse mit einer vertrockneten Pergola. Es war weder alt noch neu, ein Haus ohne Charakter und ohne Alter. Man trat durch jene Eingangstür in einen Flur mit marmorierten Kacheln und ging eine plumpe Treppe mit bauchigem Geländer hinauf; im Erdgeschoß waren eine Küche, ein Bad und eine Abstellkammer, in der der Besitzer eine Ansammlung von Stühlen gestapelt hatte; im oberen Stockwerk gab es eine Reihe von Zimmern, die weder klein noch groß waren und alle nebeneinander an einem Korridor mit marmorierten Kacheln lagen: Alle Zimmer gingen zur Straße hinaus, jener ansteigenden Straße, die zwar zum Giannicolo führte, aber so aussah, als ob sie nirgendwohin führte, zu nichts nütze wäre, eine Straße, die einen vergessenen und zufälligen Eindruck machte; eine seltsame Straße, sagte mein Mann, die in Zukunft vielleicht noch sehr wichtig, ja wesentlich werden konnte, eine Verkehrsader, die den Giannicolo mit dem Viale Trastevere verband, es war möglich, daß wir uns auf einmal an einem äußerst gesuchten Punkt der Stadt befinden würden, einem wesentlichen Punkt, und dann wäre dieses Haus, das wir billig bekommen hatten, so im Wert gestiegen, daß wir es wieder verkaufen und mehr als das Doppelte daran verdienen hätten können. Aber wenn wir es wieder verkaufen müssen, sagte ich, warum sollen wir es dann kaufen? Danach werden wir wieder gezwungen sein, eine Wohnung zu suchen.

Nicht nur die Straße sei seltsam und keineswegs unsympathisch, sagte mein Mann, sondern auch das Haus sei keineswegs unsympathisch und recht seltsam. Der Eingang nicht, der Eingang sei häßlich, diese Kacheln, diese Marmorimitation sei wirklich gräßlich. Die Treppe sei nicht unsympathisch. Und auch die Terrasse sei nicht unsympathisch. (»Du mußt dir an Stelle dieser vertrockneten Pergola eine frische grüne Pergola vorstellen. Stell's dir vor! Du hast überhaupt keine Phantasie.«) Zur Besichtigung dieses Hauses nahmen wir niemanden mit. Wir sprachen mit keiner Menschenseele darüber. Vielleicht schämten wir uns ein bißchen.

Dann, eines Tages, als wir durch die Stadt gingen, sahen wir ein Verkaufsschild, das an einem Haustor hing. Wir gingen hinein. Und so wurde die Wohnung gefunden.

Es war ein Haus im Zentrum. Meinem Mann gefiel die Wohnung, weil sie im Zentrum war, weil sie im letzten Stock war, weil sie über die Dächer blickte. Sie gefiel ihm, weil sie alt war, groß, massiv gebaut, weil dicke Balken quer über die Zimmerdecken liefen und es in manchen Räumen Travertinverkleidungen gab. Ich hörte vom Travertin bei dieser Gelegenheit zum ersten Mal. Warum die Wohnung mir gefiel? Ich weiß es nicht. Sie war nicht im Erdgeschoß, da sie im letzten Stock war. Sie hatte keinen Garten, und man sah weit und breit keinen Baum. Steinern, von Stein umgeben, lag sie eingezwängt zwischen Schornsteinen und Glockentürmen. Doch vielleicht gefiel sie mir, weil sie nur einen Schritt von einem Büro entfernt lag, in dem ich viele Jahre zuvor gearbeitet hatte, als ich meinen Mann noch nicht kannte, die Deutschen Rom gerade erst verlassen hatten und die Amerikaner da waren. Ich ging jeden Tag in jenes Büro. Jeden Tag setzte ich den Fuß aus Gründen des Aberglaubens in eine Vertiefung des Straßenpflasters, eine Vertiefung, die die Form eines Fußes hatte. Diese Vertiefung befand sich am Eingang eines Gartentürchens. Ich öffnete das Gartentürchen und stieg eine Freitreppe hinauf. Das Büro war im ersten Stock, und man sah in einen alten Hof, wo ein Brunnen stand. Den Brunnen, das Törchen, die Vertiefung im Straßenpflaster gab es immer noch; aber das Büro gab es nicht mehr. Die Räume, wo früher einmal das Büro gewesen war, waren nun wieder das, was sie vor dem Krieg gewesen waren, nämlich die Wohnräume einer alten Contessa. Dennoch war dies immer noch eine Stelle der Stadt, die ich als einen mir freundlich gesonnenen Ort wahrnahm: eine Stelle, wo ich mir einmal eine Höhle gegraben hatte. Nicht daß ich dort glücklich gewesen wäre, in dem Büro: im Gegenteil, ich war verzweifelt unglücklich gewesen. Aber ich hatte mir dort eine Höhle gegraben; und die Erinnerung an jene Höhle, die ich mir viele Jahre zuvor gegraben hatte, verhinderte, daß ich mich in jenen Straßen und Gassen wie eine Fremde fühlte, die aus Versehen dorthin geraten war. So empfand ich, wenn ich an die Wohnung dachte, keinerlei Gefühl von Bedrücktheit. Alle rieten uns davon ab, sie zu kaufen. Sie sagten, so alt wie die Wohnung sei, sei sie gewiß voller morscher Stellen, kaputter Leitungen, verborgener Mauerrisse. Sie sagten, daß es bestimmt hineinregnete. Sie sagten, daß es dort bestimmt Küchenschaben gäbe. (»Kakerlaken«, sagte meine Schwiegermutter. Wenn wir davon sprachen, eine Altbauwohnung zu nehmen, sagte sie sofort: »Aber ja keine mit Kakerlaken!«) Kurz, sie sagten alles erdenklich Schlechte über die Wohnung. Sie sagten, daß es im Winter kalt und im Sommer heiß darin sein würde. Manche der Dinge, die sie sagten, stellten sich als wahr heraus. Es stimmte, daß es hineinregnet und das Dach repariert werden mußte. Küchenschaben fand ich nur eine einzige. Ich sprühte ihr ein wenig Insektenspray hinterher, und sie verschwand für immer. Jetzt leben wir in der Wohnung und wissen nicht mehr, ob sie schön oder häßlich ist. Wir leben darin wie in einer Höhle. Wie in einem alten Strumpf. Wir haben gänzlich aufgehört, an Wohnungen zu denken. Die Wörter »Terrasse«, »Zentralheizung«, »Fünfzimmerwohnung«, »Südseite«, »Ratenzahlung«, »Resthypothek« sind völlig aus unseren Gedanken verschwunden. Doch noch lange, nachdem der Umzug begonnen hatte, nachdem eine Reihe von komplizierten Untersuchungen begonnen hatte, die sich auf die Mauern, die Leitungen, die Wasserbehälter bezogen, nachdem komplizierte Verhandlungen mit Klempnern, Elektrikern, Schreinern begonnen hatten, läutete in der Wohnung, die wir nun aufgaben und die voller Kisten, Packpapier und Stroh war, noch ab und zu das Telefon, und man hörte die gewohnte kräftige und begeisterte Stimme:

»Hallo! Hier spricht Commendator Piave! Wann kommen Sie meine Wohnung an der Piazza della Balduina besichtigen? Sie ist phantastisch! Es gibt eine Sprechanlage! Ihr Mann kommt, sagt Ihnen von unten Bescheid, daß er zurück ist, sie werfen sofort die Spaghetti ins kochende Wasser, er bringt das Auto in die Garage, fährt mit dem Aufzug nach oben, das Essen steht auf dem Tisch! Im Bad gibt es eine Säule aus schwarzem Alabaster, mit Mosaiken, die Fische darstellen, alle Fensterbretter sind aus Onyx!

Sie brauchen nur anzurufen, erst trinken Sie Tee mit meiner Frau, dann komme ich und bringe Sie sofort hin, Sie ruhen sich ein bißchen auf dem Belvedere aus, da liegt einem ganz Rom zu Füßen, wir nehmen einen Aperitif, und dann bringe ich sie blitzschnell mit meinem Auto wieder zurück! Ich habe einen Sportwagen!«

Das Alter

$\mathcal{N}$un werden wir allmählich
das, was wir uns nie zu werden gewünscht haben, nämlich
alt. Bislang haben wir das Alter weder herbeigewünscht
noch darauf gewartet; und wenn wir versucht haben, es
uns vorzustellen, so geschah es immer auf oberflächliche,
undifferenzierte und zerstreute Weise. Es hat nie große
Neugierde oder großes Interesse in uns geweckt. (In der
Geschichte von Rotkäppchen war die Großmutter die Gestalt, die uns am wenigsten interessierte, und es war uns
vollkommen gleichgültig, daß sie heil aus dem Bauch des
Wolfs herauskam.) Das Seltsame ist, daß wir auch jetzt, da
wir selbst zu altern beginnen, keinerlei Interesse für das
Alter verspüren. So geschieht etwas mit uns, was bis heute
nie vorgekommen war: Bis heute schritten wir in den Jahren fort und waren stets beseelt von einer lebhaften Neugierde für die, die nach und nach unsere Altersgenossen
wurden. Jetzt dagegen fühlen wir, daß wir in Richtung
Grauzone vorrücken, wo wir Teil einer grauen Menge
sein werden, deren Angelegenheiten weder unsere Neugierde noch unsere Phantasie werden entzünden können.
Unser Blick wird immer noch auf die Jugend und die
Kindheit gerichtet sein.

Das Alter wird im wesentlichen das Ende des Staunens
in uns bedeuten. Wir werden sowohl die Fähigkeit verlieren zu staunen als auch die, andere zu erstaunen. Wir werden uns über nichts mehr wundern, da wir unser Leben
damit zugebracht haben, uns über alles zu wundern; und
die anderen werden sich nicht über uns wundern, sowohl
weil sie uns schon seltsame Dinge haben tun und sagen sehen als auch weil sie nicht mehr in unsere Richtung
blicken werden.

Es wird uns passieren können, daß wir entweder im Gras vergessenes altes Eisen werden oder ruhmreiche Ruinen, die man mit Ehrfurcht besichtigt; vermutlich werden wir einmal das eine und einmal das andere sein, da das Schicksal äußerst launisch und wankelmütig ist; doch im einen wie im anderen Fall werden wir nicht erstaunt sein; unsere Vorstellungskraft, ein ganzes Leben alt, wird schon jedes mögliche Ereignis, jede Laune des Schicksals vorhergesehen und abgenutzt haben: Und niemand wird staunen, gleich ob wir altes Eisen sein werden oder illustre Ruinen: Es liegt kein Staunen in der Verehrung, die man den antiken Monumenten zollt, und noch weniger darin, wenn man im Vorbeigehen an ein Stück altes Eisen stößt, das im Gras vor sich hin rostet. Und im übrigen besteht zwischen dem einen und dem anderen kein nennenswerter Unterschied: Denn im einen wie im anderen Fall fließt der warme Fluß der Tage an anderen Ufern.

Die Unfähigkeit zu staunen und das Bewußtsein, kein Staunen hervorzurufen, wird dazu führen, daß wir allmählich ins Reich der Langeweile eindringen. Das Alter langweilt sich und ist langweilig: Die Langeweile erzeugt Langeweile, verströmt Langeweile um sich wie der Tintenfisch Tinte verströmt. So bereiten wir uns darauf vor, sowohl der Tintenfisch als auch die Tinte zu sein: Das Meer rund um uns wird sich schwarz färben, und jenes Schwarz werden wir sein: ausgerechnet wir, die wir die schwarze Farbe der Langeweile ein Leben lang gehaßt und gemieden haben. Eines der Dinge, die uns noch erstaunen, ist dies: unsere wesentliche Gleichgültigkeit beim Ertragen eines derartigen neuen Zustands. Diese Gleichgültigkeit wird dadurch hervorgerufen, daß wir nach und nach allmählich in die Unbeweglichkeit des Steins verfallen.

Dennoch sind wir uns bewußt, daß wir, bevor wir zu Stein werden, noch andere Stadien durchlaufen: denn auch dies ist für uns noch ein Grund zur Verwunderung: die extreme Langsamkeit, mit der wir altern. Noch lange wahren wir die Gewohnheit, uns für »die Jugend« unserer Zeit zu halten: so daß wir, wenn wir von »jungen Leuten« reden hören, den Kopf umdrehen, als wäre von uns die Rede: eine Gewohnheit, die so tief verwurzelt ist, daß wir sie vielleicht erst dann verlieren, wenn wir ganz zu Stein geworden sind, das heißt, am Vorabend des Todes.

Dieser Langsamkeit unseres Alterns widerspricht die rasende Schnelligkeit der Welt, die sich rund um uns dreht: die Geschwindigkeit, mit der sich Orte verwandeln und Jugendliche und Kinder heranwachsen: Wir allein sind langsam in diesem Strudel, unser Gesicht und unsere Gewohnheiten verwandeln sich im Schneckentempo: Sowohl weil wir mit jeder unserer Fasern das Alter hassen und es auch dann noch ablehnen, wenn unser Geist sich ihm gleichmütig gebeugt hat, als auch weil der Übergang vom Tier zum Stein mühsam und beschwerlich ist.

Die Welt, die sich rund um uns dreht und verändert, weist nur noch blasse Spuren der Welt auf, die unsere gewesen ist. Wir liebten sie, nicht, weil wir sie schön oder gerecht fanden, sondern weil wir unsere Kraft, unser Leben und unser Staunen für sie aufwandten. Was wir heute vor Augen haben, erstaunt uns nicht oder nur sehr wenig, es entgeht uns und erscheint uns unentzifferbar: Und wir verstehen darin nichts zu lesen als die wenigen und blassen Spuren dessen, was gewesen ist. Wir möchten, daß diese blassen Spuren nicht verschwinden, um auch in der Gegenwart noch etwas wiederzuerkennen, was uns gehörte; doch wir fühlen, daß uns bald, um diesen vielleicht sehr kindlichen und naiven Wunsch auszudrücken, sowohl die Kräfte als auch die Stimme fehlen werden.

Abgesehen von jenen schwachen Spuren, ist die Gegenwart dunkel für uns, und wir wissen nicht, wie wir uns an eine solche Dunkelheit gewöhnen sollen; wir fragen uns, welche Art von Leben wir wohl führen werden, falls es uns je gelingt, unsere Augen an soviel Dunkelheit zu gewöhnen; wir fragen uns, ob wir uns in den künftigen Jahren nicht vorkommen werden wie eine Schar rasender Mäuse an den Wänden eines Brunnenschachts.

Wir fragen uns andauernd, wie wir im Alter unsere Zeit verbringen werden. Wir fragen uns, ob wir weiterhin das tun werden, was wir in unserer Jugend getan haben: Ob wir zum Beispiel weiterhin Bücher schreiben werden. Wir fragen uns, welche Sorte Bücher wir wohl schreiben können in unserem blinden, mäusegleichen Umherirren oder später, wenn wir die Unbeweglichkeit des Steins erreicht haben werden. In unserer Jugend hatte man uns von der Weisheit und der heiteren Gelassenheit der Alten erzählt. Wir aber fühlen, daß es uns weder gelingen wird, weise zu sein, noch heiter und gelassen: Und außerdem haben wir nie die heitere Gelassenheit und die Weisheit geliebt, sondern wir haben immer den Durst und das Fieber geliebt, die unruhigen Nachforschungen und die Irrtümer: Doch in Kürze werden uns auch die Irrtümer verwehrt sein: Denn da uns die Gegenwart unverständlich ist, werden sich unsere Irrtümer wiederum auf jene verwaschenen Spuren der Zeit von früher beziehen, die nun bald ganz verschwinden werden; unsere Irrtümer über die Welt von heute werden sein wie Zeichen im Sand oder Mäuserascheln in der Nacht.

Die Welt, die wir vor uns haben und die uns unbewohnbar erscheint, wird dennoch bewohnt und von einigen der Wesen, die wir lieben, auch geliebt werden. Der Umstand, daß diese Welt für unsere Kinder und Kindeskinder bestimmt ist, hilft uns nicht, sie besser zu verstehen, sondern erhöht ganz im Gegenteil unsere Verwirrung. Weil die Art und Weise, wie es unseren Kindern gelingt, sie zu bewohnen und zu entziffern, uns dunkel ist; und sie sind ja seit ihrer Kindheit daran gewöhnt, uns offen zu sagen, daß wir noch nie etwas verstanden haben. Deshalb ist unsere Haltung unseren Kindern gegenüber demütig und manchmal auch feige.

Wir fühlen uns ihnen gegenüber wie Kinder in Gegenwart von Erwachsenen, während wir doch in Wirklichkeit in unseren ganz langsamen Alterungsprozeß versunken sind. Jede Geste unserer Kinder erscheint uns die Frucht großer Klugheit und Umsicht, erscheint uns wie das, was wir auch immer tun wollten und, wer weiß warum, nie getan haben. Wir unsererseits bringen keine einzige auf die Gegenwart bezogene Geste zustande, weil jede unserer Gesten mechanisch in die Vergangenheit abstürzt.

So messen wir die ungeheure Distanz, die uns von der Gegenwart trennt, sehen, wie wir jede enge Bindung an die Gegenwart aufgelöst hätten, wenn wir nicht noch in die schmerzlichen Irrungen und Wirrungen der Liebe verwickelt wären. Und eine Sache erstaunt uns noch, uns, die wir immer seltener Anlaß zur Verwunderung finden: zuzusehen, wie es unseren Kindern gelingt, die Gegenwart zu bewohnen und zu entziffern, während wir noch immer damit befaßt sind, die durchsichtigen und klaren Worte zu buchstabieren, die unsere Jugend bezauberten.

Die Faulheit

Im Oktober 44 kam ich nach Rom, um Arbeit zu suchen. Mein Mann war im Winter gestorben. In Rom war ein Verlag ansässig, in dem mein Mann jahrelang gearbeitet hatte. Der Verleger befand sich zu jener Zeit in der Schweiz; aber der Verlag hatte gleich nach der Befreiung Roms seine Tätigkeit wieder aufgenommen. Ich dachte, daß man mir, wenn ich im Verlag anfragte, bestimmt Arbeit geben würde, und dennoch belastete es mich nachzufragen, da ich dachte, man würde mir aus Mitleid eine Stelle geben, weil ich Witwe war und Kinder zu versorgen hatte; ich hätte gerne gewollt, daß mir jemand eine Stelle gäbe, ohne mich zu kennen, aufgrund meiner Sachkenntnisse. Das Übel war, daß ich keine Sachkenntnisse besaß. Diese Gedanken hatte ich in den Monaten der deutschen Besatzung gehegt. Ich war damals mit meinen Kindern in der Toskana auf dem Land. Dort war der Krieg vorbeigezogen, dann war die Stille eingetreten, die auf den Krieg folgt, und zum Schluß waren die Amerikaner über das regungslose Land in die verwüsteten Dörfer gekommen. Wir übersiedelten nach Florenz; ich ließ die Kinder in Florenz bei meinen Eltern und fuhr nach Rom. Ich wollte arbeiten, weil ich kein Geld hatte; wenn ich bei meinen Eltern geblieben wäre, hätte ich allerdings genauso leben können. Aber die Vorstellung, von meinen Eltern unterhalten zu werden, belastete mich sehr; darüber hinaus wollte ich, daß meine Kinder wieder ein Zuhause mit mir hätten. Schon lange hatten wir kein Zuhause mehr. Wir hatten in jenen Kriegsmonaten bei Verwandten oder Freunden gelebt, in Klöstern oder Hotels.

Während wir in einem Auto, das alle halbe Stunde anhielt, nach Rom unterwegs waren, spielte ich mit Träumen von abenteuerlichen Arbeiten wie Kindermädchen oder Kriminalberichterstatterin für eine Zeitung. Das Haupthindernis bei meinen Arbeitsabsichten bestand darin, daß ich nichts konnte. Ich hatte nie das Examen gemacht, sondern zu studieren aufgehört, nachdem ich in Latein durchgefallen war (einem Fach, in dem in jenen Jahren nie jemand durchfiel). Ich konnte keine Fremdsprachen, abgesehen von etwas Französisch, und ich konnte auch nicht Schreibmaschine schreiben. Außer meine Kinder aufziehen, mit extremer Langsamkeit und Ungeschicklichkeit den Haushalt erledigen und Romane schreiben hatte ich in meinem Leben noch nie etwas getan. Darüber hinaus war ich immer sehr faul gewesen. Meine Faulheit bestand nicht darin, morgens lange zu schlafen (ich bin immer bei Tagesanbruch aufgewacht, und das Aufstehen ist mir nie schwergefallen), sondern darin, unendlich viel Zeit mit Nichtstun und Phantasieren zu vergeuden. Dies hatte dazu geführt, daß es mir nicht gelungen war, ein Studium oder eine Arbeit zu Ende zu führen. Ich sagte mir, daß nun für mich die Stunde gekommen war, diesen Fehler abzulegen. Die Idee, mich an jenen Verlag zu wenden, wo man mich aus Mitleid und Verständnis aufgenommen hätte, schien mir auf einmal am logischsten und umsetzbarsten zu sein, obgleich mich die Gründe, aus denen man mich dort aufgenommen hätte, belasteten. Ich hatte in jener Zeit ein Buch gelesen, das mir schön vorkam: es war *Jeunesse sans Dieu* von Ödön von Horváth, ein Autor, von dem ich nichts wußte, außer daß er jung gestorben war, unter einem umstürzenden Baum, in Paris, als er aus dem Kino kam. Ich dachte, daß ich, sowie ich in dem Verlag angefangen hätte, jenes Buch, das ich sehr liebte, übersetzen würde, um es dort erscheinen zu lassen.

In Rom nahm ich ein Zimmer in einer Pension in der Nähe von Santa Maria Maggiore. Der entscheidende Vorzug jener Pension war, daß sie fast nichts kostete. Ich

wußte aus Erfahrung, daß die Pensionen in jenen Kriegs-
und Nachkriegsjahren leicht so etwas Ähnliches wurden
wie Kasernen oder Feldlager. Meine war ein Mittelding
zwischen Pension und Internat, bewohnt von Studenten,
Ausgebombten und Alten ohne Wohnung. Ab und zu
hallte ein Gong mit tiefem Klang durchs Treppenhaus, der
Leute ans Telefon rief. Im gemeinsamen Speisesaal wurden frugale Mahlzeiten eingenommen, die aus Römi-
schem Käse, gekochten Kastanien und Broccoli bestanden.
Im Verlauf der Mahlzeiten läutete ab und zu ein
Glöckchen, und dann trug die Pensionsdirektorin einige
ihrer Gedanken vor, in denen sie zur Einfachheit mahnte.

Ich sprach mit einem Freund, der in Abwesenheit des
Verlegers jenen Verlag leitete. Der Freund war klein und
dick, rund und springlebendig wie ein Ball. Wenn er
lächelte, kräuselten tausend kleine Falten sein Gesicht
eines chinesischen Kindes, blaß, schlau und sanft. Außer
dem Verlag hatte er noch unzählige weitere Aktivitäten.
Er sagte mir, daß er mich vorerst halbtags anstellen
würde; wenn der Verleger zurückkäme, würde meine Situation dann mit größerer Klarheit definiert. Er sagte mir,
ich solle am nächsten Morgen ins Büro kommen: Und er
sagte mir, daß in derselben Pension wie ich ein Mädchen
wohnte, die ebenfalls im Verlag arbeitete, in der Verwal-
tung: Und daß ich morgens den Weg mit ihr zusammen
gehen könnte.

In meine Pension zurückgekehrt, stieg ich die Treppe
hinauf und klopfte an ein Zimmer, zwei Stockwerke über
meinem. Ein hübsches Mädchen mit lockigen braunen
Haaren und roten Wangen öffnete mir. Ich fragte sie, ob
wir am nächsten Morgen zusammen zum Verlag gehen
könnten. Sie antwortete mir, daß sie auf irgendeine Bank
gehen müsse und deshalb einen anderen Weg nehme. Sie
war freundlich, aber reserviert und kühl. Mit einem unbestimmten Gefühl der Trostlosigkeit und von einem tödlichen Minderwertigkeitskomplex am Boden zerstört stieg
ich die Treppe wieder hinunter. Jenes Mädchen mußte

schon seit Jahren arbeiten, vielleicht schon immer; und ihre Arbeit war eine Verwaltungstätigkeit, also genau definierbar, unumstößlich und notwendig. Außerdem hatte sie ihren neunjährigen kleinen Bruder bei sich, für dessen Lebensunterhalt sie mit ihrer Arbeit sorgte. Ich wußte nicht, ob ich in der Lage sein würde, für den Lebensunterhalt meiner Kinder zu sorgen.

Ich verbrachte eine unruhige Nacht voller beängstigender Gedanken. Ich sagte mir, daß alle, wenn sie mich in jenem Büro sähen, sofort das große Meer aus Unwissenheit und Faulheit entdecken würden, das ich in mir trug. Ich dachte an den Freund, der mich eingestellt hatte, und an den Verleger, der weit weg, aber vielleicht schon auf der Rückreise war. Dem Freund hatte ich zu erklären versucht, daß ich kein Examen hatte, kein Englisch und auch sonst nichts konnte. Er hatte mir geantwortet, das sei egal, und irgend etwas würde ich schon tun. Ich hatte ihm aber nichts von meiner Faulheit gesagt, von jenem Laster, das ich hatte, in Trägheit und Träumerei zu verfallen, sowie ich in die Lage kam, etwas tun zu müssen. Ich hatte nie mit wahrhaftigem Abscheu an dieses Laster gedacht. In jener Nacht betrachtete ich es mit Schrecken und tiefem Grauen. Ich war immer eine schlechte Schülerin gewesen. Alles, was ich angefangen hatte, war in der Schwebe geblieben. Die Verse von Villon klangen mir im Ohr:

Hé Dieu! si j'eusse étudié
au temps de ma jeunesse folle,
et à bonnes mœurs dedié
j'eusse maison et couche molle
mais quoi! je fuyoie l'école
comme fait le mauvais enfant ...[1]

1   He Gott, wenn ich studiert hätte / zur Zeit meiner verrückten Jugend / und mich den guten Sitten verschrieben / so hätte ich ein Haus und ein weiches Bett / Aber was! ich habe die Schule gemieden / wie es die bösen Kinder tun ...

In Wirklichkeit konnte ich auch nicht so gut Französisch. Meine Jugend war nicht »folle« gewesen, sondern lustlos und verworren.

Morgens kam ich zu dem Haus, wo mein Büro sein sollte: eine eingeschossige kleine Villa, umgeben von einem Gärtchen. Ich fand meinen Freund vor, das Mädchen mit den roten Wangen, an einer Rechenmaschine sitzend, und zwei Stenotypistinnen. Mein Freund wies mir einen Tisch zu und gab mir ein Blatt in die Hand, auf dem stand: »Druckvorschriften«. So erfuhr ich, daß *perché* und *affinché* mit Accent aigu geschrieben wurden, *tè, caffè* und *lacchè* dagegen mit Accent grave. Dann überreichte er mir ein Manuskript: es war eine Übersetzung von *Gösta Berling*. Ich sollte die italienische Form überprüfen und die Akzente in Ordnung bringen. Der Freund, der wie ein Ball durchs Zimmer hüpfte, sagte zu mir, ich dürfe mich nicht darüber grämen, daß ich keinen Universitätsabschluß hatte, denn dies würde unseren ja nunmehr gemeinsamen Chef, der selbst auch keinen habe, nicht weiter empören. Ich fragte ihn, was nach *Gösta Berling* meine zweite Arbeit sein würde. Mit Entsetzen bemerkte ich, daß er es nicht wußte. Ich hatte solche Angst, in Faulheit zu verfallen, daß ich mich auf diese Überarbeitung stürzte und in drei Tagen damit fertig war. Daraufhin brachte mir der Freund ein französisches Exemplar der Memoiren von Lenins Frau. Blitzartig übersetzte ich etwa dreißig Seiten, doch dann sagte der Freund mir, daß er seine Meinung geändert habe und dieses Buch nicht mehr machen wolle. Er gab mir eine Übersetzung von *Homo ludens*. Eines Tages stand ich plötzlich in der Bürotür dem Verleger gegenüber. Ich kannte ihn seit langem, aber wir hatten nie mehr als fünf Worte gewechselt. Und in den Jahren, in denen wir uns nicht gesehen hatten, waren so viele Dinge geschehen, daß es jetzt war, als begegneten wir uns zum ersten Mal. Ich empfand ihn als Freund und als Fremden zugleich. Diese Empfindungen mischten sich mit dem Gedanken, daß er jetzt mein Chef war, das heißt einer, der mich augenblicklich aus diesem Büro hinausjagen konnte. Er umarmte mich und errötete, weil er schüchtern war, und schien froh und nicht sonderlich erstaunt zu sein, daß ich hier arbeitete. Er sagte zu mir, er erhoffe sich von mir Projekte und Ideen. Stockend vor Schüchternheit und Aufregung sagte ich ihm, daß man vielleicht *Jeunesse sans Dieu* übersetzen und herausbringen könnte. Er wußte nichts über dieses Buch, und ich sagte ihm rasch die Geschichte von dem Kino und dem umgestürzten Baum. In den folgenden Tagen sah ich ihn nicht mehr, aber das Mädchen mit den roten Wangen kam, um mir zu sagen, daß ich ganztags eingestellt worden war. Ich sprach nie mit dem Mädchen, doch wenn wir uns im Flur begegneten, lächelten wir uns zu, verbunden in der Erinnerung an vergangenes und künftiges Glöckchenläuten und Broccoli.

Eines Tages hörte ich, daß wir bald in neue Räume umziehen würden. Das tat mir leid, weil mir jenes Büro und vor allem ein Mandarinenbäumchen, das ich von meinem Fenster aus sah, ans Herz gewachsen waren. Das neue Büro war im Zentrum. Es gab dort riesige Zimmer mit Teppichen und Sesseln. Ich fragte, ob ich ein Zimmerchen am Ende eines Flures für mich haben könne. Da würde ich allein sein und das Arbeiten lernen, denn die Empfindung, nicht für die Arbeit zu taugen, verfolgte mich immer noch. Der Freund hatte sich ebenfalls in ein Zimmer allein geflüchtet. Die übrigen Räume hatten sich allmählich mit neuen Stenotypistinnen und neuen Angestellten gefüllt. Die neuen Angestellten gingen fieberhaft auf den Teppichen auf und ab und diktierten den Stenotypistinnen Seiten um Seiten, wovon ich, wenn ich vorbeikam, Wörter aufschnappte, von denen ich nichts verstand. Oder sie führten im Salon mit Besuchern mysteriöse Gespräche. Der Freund sagte mir, daß er all die neuen Angestellten und all die neuen Stenotypistinnen für nutzlos halte. Auch die Teppiche, den Salon, die Besucher und die Gespräche hielt er für nutzlos. Ich begriff, daß die neuen Angestellten andere politische Ansichten hatten als er. Er wirkte deprimiert und hüpfte nicht mehr, sondern saß zurückgezogen und unbeweglich an seinem Tisch, und sein Gesicht, das sich nicht mehr im Lächeln kräuselte, erschien leblos und traurig wie der Mond. Als ich ihn so untröstlich und erschlafft sah, hatte ich plötzlich den Eindruck, daß er genau wie ich und vielleicht noch mehr als ich an grenzenloser Faulheit krankte.

Ich fühlte mich sehr allein in jenem Büro und richtete nie das Wort an jemanden. Meine ständige Sorge war, daß meine große Unwissenheit und meine große Faulheit und mein absoluter Mangel an Ideen nicht entdeckt würden. Als es mir gelang, die Rechte von *Jeunesse sans Dieu* anfordern zu lassen, erfuhr ich, daß sie schon von einem anderen Verlag gekauft worden waren. Es war meine einzige Idee gewesen, und der Wind hatte sie verweht. Um mich vor der Faulheit zu schützen, arbeitete ich in fliegender Hast, eingetaucht in totale Isolation und vollkommenes Schweigen. Allerdings hörte ich nicht auf, mich zu fragen, ob und wie mein Arbeiten sich mit jenem regen und für mich unverständlichen Leben verband, das die anderen Räume erfüllte. Ich ließ mir einen Schlüssel machen und ging auch sonntags ins Büro.

Meine Psychoanalyse

*V*or langer Zeit versuchte ich es einmal mit der Psychoanalyse. Es war Sommer, gleich nach dem Krieg, und ich lebte in Rom. Es war ein schwüler und staubiger Sommer. Mein Analytiker hatte eine Wohnung im Zentrum. Jeden Tag um drei Uhr ging ich zu ihm. Er öffnete mir selbst die Tür (er hatte eine Frau, aber ich habe sie nie zu Gesicht bekommen). In seinem Behandlungszimmer herrschten Kühle und Halbschatten. Doktor B. war ein alter Mann, groß, mit einem Kranz silberner Löckchen, feinem grauem Schnauzbart, hohen, etwas schmalen Schultern. Er trug stets makellose Hemden mit offenem Kragen. Er hatte ein ironisches Lächeln und einen deutschen Akzent. Er hatte weiße zarte Hände, mit einem großen Messingring mit Initialen am Finger, ironische Augen, eine Brille mit Goldrand. Er ließ mich an einem Tisch Platz nehmen und setzte sich mir gegenüber. Immer stand ein großes Glas Wasser mit einem Eiswürfel und einem Stückchen Zitronenschale für mich auf dem Tisch. Damals hatte niemand in Rom einen Kühlschrank, wer Eis wollte, ließ es sich aus den Milchläden kommen und zerkleinerte es mit dem Hammer. Wie er es anstellte, sich jeden Tag diese glatten und durchsichtigen Eiswürfel zu besorgen, ist mir ein Geheimnis geblieben. Vielleicht hätte ich es ihn fragen können, aber ich habe es ihn nie gefragt. Ich spürte, daß jenseits des Behandlungszimmers und jenseits des kleinen Eingangs, der zum Behandlungszimmer führte, die übrige Wohnung in ein Geheimnis gehüllt war und bleiben mußte. Das Eis und das Wasser kamen aus der Küche, wo die unsichtbare Ehefrau vielleicht jenes Getränk für mich zubereitet hatte.

Die Freundin, die mir empfohlen hatte, zu Doktor B. zu gehen, und die selbst zu ihm ging, hatte mir nicht viel von ihm erzählt. Sie hatte mir gesagt, daß er Jude war, Jungianer und Deutscher. Die Tatsache, daß er Jungianer war, erschien ihr positiv, mir war es gleich, weil ich nur ungenaue Kenntnisse über den Unterschied zwischen Jung und Freud besaß. Ich bat Doktor B. sogar eines Tages, mir diesen Unterschied zu erklären. Er ließ sich lang und breit darüber aus, und ich verlor an einem bestimmten Punkt den Faden, abgelenkt betrachtete ich seinen Messingring, die Silberlöckchen über seinen Ohren und die Stirn mit den waagrechten Falten, die er sich mit einem blütenweißen Leinentüchlein trocknete. Ich kam mir vor wie in der Schule, wenn ich nach Erklärungen fragte und mich dann in Gedanken an anderes verlor.

Dieser Eindruck, in der Schule zu sein, und in Gegenwart eines Lehrers, war einer meiner vielen Fehler im Verlauf meiner Analyse. Da Doktor B. mir gesagt hatte, ich sollte meine Träume in ein Heft schreiben, setzte ich mich, bevor ich zu ihm hinaufging, in ein Café und brachte die Träume rasch zu Papier, mit der Hast einer Schülerin, die ihre Hausaufgabe vorweisen muß. Ich hätte mich fühlen müssen wie eine Kranke bei einem Arzt. Aber ich fühlte mich nicht krank, nur dunkel voller Schuld und Verwirrung. Was ihn betraf, so kam er mir nicht wie ein echter Arzt vor. Ich betrachtete ihn zuweilen mit den Augen meiner Eltern, die weit weg waren, im Norden, und dachte, daß er meinen Eltern überhaupt nicht gefallen würde. In nichts glich er dem Typ Menschen, mit denen sie Umgang pflegten. Sie hätten den Messingring lächerlich gefunden, die Löckchen frivol, hätten den Pfauenfedern und Samtvorhängen mißtraut, die sein Behandlungszimmer schmückten. Außerdem war in meinen Eltern die Vorstellung fest verwurzelt, daß die Analytiker keine echten Ärzte seien und manchmal »zwielichtige Leute« sein könnten. Sie hätten jenes Behandlungszimmer für einen Ort der Torheit und der Gefahr gehalten. Der Gedanke, daß ich etwas tat, was meine Eltern erschreckt hätte, ließ mir die Analyse faszinierend und widerwärtig zugleich erscheinen. Ich wußte damals nicht, daß Doktor B. ein sehr bekannter Analytiker war und daß angesehene, von meinen Eltern geschätzte Leute ihn schätzten und häufig mit ihm verkehrten. Ich glaubte, er sei allen unbekannt und dunkel, zufällig im Schatten gefunden von meiner Freundin und mir.

Kaum angekommen, begann ich loszureden, weil ich dachte, das sei es, was er sich von mir erwartete. Wenn ich schwiege, dachte ich, würde auch er schweigen, und dann wäre meine Anwesenheit in jenem Behandlungszimmer völlig sinnlos gewesen. Er hörte mir zu und rauchte dabei mit einer elfenbeinernen Zigarettenspitze. Nie erloschen die Ironie und die tiefe Aufmerksamkeit in seinem Blick. Damals fragte ich mich nie, ob er gescheit oder dumm war, doch jetzt ist mir klar, daß das Licht seiner Intelligenz hell über mir strahlte. Es war das Licht seiner Intelligenz, das mich in jenem schwarzen Sommer erleuchtete.

Ich liebte es sehr, mit ihm zu sprechen. Vielleicht mag das Wort »lieben« töricht erscheinen, da es sich ja um eine Analyse handelte, das heißt, um eine bittere und grausame Sache, die man schon an sich nicht lieben kann. Dennoch gelang es mir nicht, diese grausame Seite der Analyse zu sehen, von der andere mir später erzählten. Es ist möglich, daß meine Analyse unvollkommen war. Zweifellos war sie unvollkommen. Die Heftigkeit, mit der ich sprach, läßt mich heute vermuten, daß ich gewiß nicht meinem Geist mit Mühe verborgene Dinge entriß, sondern eher zufällig und unsystematisch den Spuren eines fernen Punktes nachlief, den ich noch nicht aufgedeckt hatte. Immer hatte ich die Empfindung, daß das Wesentliche noch zu sagen blieb. Ich redete so viel und kam doch nie so weit, die ganze Wahrheit über mich zu sagen.

Es störte mich ungemein zu denken, daß ich ihm Geld geben mußte. Wenn mein Vater nicht nur von meiner Analyse, sondern auch von all dem Geld gewußt hätte, das ich für Doktor B. ausgab, hätte er einen Schrei ausgestoßen, der ein Haus zum Einstürzen hätte bringen können. Aber es war nicht so sehr die Vorstellung vom Schrei meines Vaters, die mir Unbehagen verursachte. Es war der Gedanke, daß ich mit Geld für die Aufmerksamkeit bezahlte, die Doktor B. meinen Worten schenkte. Ich bezahlte für seine Geduld mir gegenüber. (Obgleich ich wußte, daß ich die Patientin war, fand ich ihn sehr *paziente*, sehr geduldig mit mir.) Ich bezahlte für seine Ironie, sein Lächeln, das Schweigen und den Halbschatten in jenem Behandlungszimmer, ich bezahlte für das Wasser und den Eiswürfel, nichts wurde mir umsonst gegeben, und das fand ich unerträglich. Ich sagte es ihm, und er antwortete mir, das sei vorherzusehen gewesen. Er hatte immer alles vorhergesehen, ich überraschte ihn nie. Alle Dinge, die ich ihm erzählte, wußte er schon lange, weil andere sie erlitten und gedacht hatten. Das irritierte mich, erleichterte mich aber zugleich sehr, denn als ich in Einsamkeit an mich gedacht hatte, war ich mir manchmal zu seltsam und zu allein vorgekommen, um irgendein Recht auf Leben zu haben.

Dann gab es noch etwas anderes, was mir absurd erschien zwischen mir und Doktor B., und das war die Einseitigkeit unserer Beziehungen. Die Sache mit dem Geld ärgerte mich zwar, aber diese Einseitigkeit schien mir ein tiefes und unwiderrufliches Unbehagen zwischen uns hervorzurufen. Ich war angehalten, von mir zu sprechen, aber es wäre in keiner Weise legitim gewesen, wenn ich meinerseits begonnen hätte, ihn über sich auszufragen. Ich fragte ihn nicht, weil es mir in dem Augenblick nicht in den Sinn kam, ihn nach sich zu fragen, und weil mir schien, ich müsse in bezug auf sein Privatleben die größte Vorsicht und Diskretion walten lassen. Doch wenn ich sein Haus verließ, versuchte ich mir seine Frau vorzustellen, die anderen Räume der Wohnung und sein Leben außerhalb der Analyse. Ich fand, daß etwas Wesentliches aus unseren Beziehungen ausgeschlossen war, nämlich die gegenseitige Barmherzigkeit. Auch das Wasser, das er mir jeden Tag zu trinken gab, war nicht für meinen Durst bestimmt. Es war Teil eines Zeremoniells, von wer weiß wem und wer weiß wo festgelegt, dem wir beide nicht entkommen konnten. In diesem Zeremoniell war kein Platz für Barmherzigkeit. Ich war nicht gehalten, irgend etwas von seinen Gedanken oder seinem Leben zu wissen. Und wenn er, in meiner Seele und in meinem Leben forschend, vielleicht Barmherzigkeit für mich empfand, diese Art einseitige Barmherzigkeit, die nur mit Geld vergolten wurde, so konnte sie in nichts der wirklichen Barmherzigkeit gleichen, die immer eine Möglichkeit der gegenseitigen Hingabe und der Erwiderung in sich trägt. Wir waren eine Patientin und ein Arzt, das ist wahr. Doch war meine Krankheit, falls es sie gab, eine Krankheit der Seele, die Worte, die wir jeden Tag wechselten, betrafen meine Seele, und mir schien, daß in einer solchen Beziehung eine wechselseitige Freundschaft und Barmherzigkeit nicht fehlen dürfe. Und dennoch fühlte ich, daß Barmherzigkeit und Freundschaft in jenem Behandlungszimmer nicht zugelassen werden konnten, und wenn ein blasser Schatten von ihnen auftauchte, war es angebracht, ihn aus unseren Unterredungen zu verbannen.

Einmal war er beleidigt, und das kam mir komisch vor. Ich hatte auf der Straße ein Mädchen getroffen, das ich kannte und von dem ich wußte, daß es sich bei ihm analysieren ließ (nach und nach hatte ich entdeckt, daß eine Menge Leute, die ich kannte, zu ihm gingen). Dieses Mädchen sagte zu mir, ich täte schlecht daran, mich analysieren zu lassen, ich schriebe doch, und die Analyse würde zwar meine Seele heilen, aber jede schöpferische Fähigkeit in mir töten. Das erzählte ich Doktor B., und er wurde wütend. Ich hatte ihn noch nie wütend gesehen, hatte in seinem Blick noch nie etwas anderes gesehen als Ironie und Lächeln. Er schlug mit seiner schönen, weißen, beringten Hand auf den Tisch und sagte, das sei nicht wahr, und jenes Mädchen sei ein Dummkopf. Wenn ich bei einem Freudianer Analyse gemacht hätte, sagte er, hätte es mir vielleicht passieren können, den Wunsch zu schreiben zu verlieren, doch er sei Jungianer, und daher würde mir das nicht zustoßen. Ich würde höchstens bessere Bücher schreiben, wenn ich mich selbst besser kennengelernt hätte. Ausführlich erklärte er mir den Unterschied zwischen Jung und Freud. Ich verlor bei seiner Erklärung den Faden und schweifte ab, und noch jetzt ist mir nicht ganz klar, was den wirklichen Unterschied zwischen Jung und Freud ausmacht.

Eines Tages sagte ich zu ihm, es gelänge mir nie, die Decken symmetrisch zusammenzulegen, und das verursache mir ein Gefühl der Minderwertigkeit. Er ging kurz hinaus und kehrte mit einer Decke zurück, er faltete sie zusammen, wobei er sie mit dem Kinn festhielt, und wollte, daß ich es auch probierte. Ich legte sie auch zusammen, und ihm zu Gefallen sagte ich, daß ich es nun gelernt hätte, es stimmte aber nicht, denn ich finde es bis heute schwierig, Decken symmetrisch zusammenzulegen.

Eines Nachts träumte ich, daß meine Tochter dabei sei zu ertrinken und ich sie rettete. Es war ein sehr farbiger Traum voller deutlicher Einzelheiten, jener See oder jenes Meer waren von einem heftigen Blau, und am Ufer stand meine Mutter mit einem breitkrempigen Strohhut. Doktor B. sagte mir, daß in dem Traum meine Mutter meine vergangene Weiblichkeit darstellte und meine Tochter meine zukünftige Weiblichkeit. Ich hatte seine Deutungen meiner Träume immer angenommen, aber diesmal rebellierte ich und sagte, es sei nicht möglich, daß Träume immer Symbole wären, ich hätte ganz konkret von meiner Tochter und meiner Mutter geträumt, und sie stellten überhaupt nichts dar, ich hätte einfach Sehnsucht nach ihnen, vor allem nach meiner Tochter, die ich seit Monaten nicht gesehen hätte. Ich glaube, ich zeigte eine gewisse Ungeduld, als ich ihm widersprach. Dies war vielleicht das erste Anzeichen dafür, daß die Aufmerksamkeit für die Psychoanalyse in mir brüchig geworden war und ich Lust hatte, mich mit anderem zu beschäftigen. Wir begannen in den Analysestunden zu diskutieren, weil ich meinte, aus Rom weggehen und in den Norden zurückkehren zu müssen. Ich war der Ansicht, daß es meinen Kindern in Turin, wo meine Eltern lebten und wir eine Wohnung hatten, besser ginge. Nach Doktor B.'s Meinung irrte ich mich und hätte mich mit den Kindern in Rom niederlassen sollen. Ich erklärte ihm alle Schwierigkeiten, die ich bei einem Umzug nach Rom haben würde, doch er zuckte mit den Schultern und sagte, ich würde wegen nichts und wieder nichts den Mut verlieren und meine Verantwortung nicht auf mich nehmen. Er sagte, ich würde mir falsche Pflichten schaffen. Über die wirklichen und falschen Pflichten kam es zur ersten echten Meinungsverschiedenheit zwischen uns. Indessen war es kühl geworden, und eines Tages fand ich ihn in einem am Hals zugeknöpften Hemd mit Fliege vor. Dieses Krawättchen, diese Fliege an seiner strengen, jüdischen Gestalt erschien mir dumm, das dümmste Zeichen der Frivolität. Ich machte mir nicht einmal die Mühe, es ihm zu sagen, so nutzlos waren meine Beziehungen zu ihm für mich geworden. Von einem Tag auf den anderen hörte ich auf, zu ihm zu gehen, und schickte ihm das letzte Geld, das ich ihm schuldete, mit ein paar kurzen Worten. Ich bin sicher, daß er nicht erstaunt war und alles vorhergesehen hatte. Ich reiste nach Turin ab und sah Doktor B. nie wieder.

In den folgenden Monaten in Turin kam es vor, daß ich nachts aufwachte und mir etwas im Kopf herumging, was vielleicht in der Analyse nützlich gewesen wäre und was ich zu sagen versäumt hatte. Es kam auch vor, daß ich mit deutschem Akzent zu mir redete. Die Jahre vergingen, und wenn ich an meine Analyse dachte, dann immer wie an eine der vielen Sachen, die ich begonnen und aus Unordentlichkeit, Ungeschicklichkeit und Verwirrung nicht zu Ende geführt hatte. Lange Zeit danach zog ich wieder nach Rom um. Ich wohnte wenige Schritte von Doktor B.'s Praxis entfernt, wußte, daß er immer noch da war, und ein oder zwei Mal ging es mir durch den Kopf, vorbeizugehen und ihm guten Tag zu sagen. Doch unsere Beziehungen waren auf einem so seltsamen Boden gewachsen, daß ein einfacher Besuch bei ihm keinen Sinn gehabt hätte. Ich fühlte, daß sogleich das alte Zeremoniell wieder begonnen hätte, der Tisch, das Glas Wasser, das Lächeln. Ich konnte ihm keine Freundschaft entgegenbringen, ich konnte nur meine Neurosen bei ihm abladen. Ich hatte mich nicht von meinen Neurosen befreit, ich hatte einfach gelernt, sie zu ertragen oder hatte sie schließlich vergessen. Dann erfuhr ich eines Tages, daß Doktor B. gestorben war. Da bedauerte ich, daß ich ihn nicht wiedergesehen hatte. Wenn es einen Ort gibt, an dem man sich nach dem Tod wiedertrifft, dann werde ich dort bestimmt Doktor B. wiederbegegnen, und unser Gespräch wird einfach sein, unbelastet von Analyse und Neurosen, und vielleicht heiter, ruhig und vollkommen.

Kindheit

Ich absolvierte die gesamte Grundschule zu Hause, weil mein Vater sagte, daß sich die Kinder in den öffentlichen Schulen Krankheiten holten. Man maß damals der körperlichen Gesundheit große Bedeutung bei und der Psychologie gar keine; was meinen Vater betrifft, so hat er sich, glaube ich, in bezug auf mich nie sonderlich viele Gedanken gemacht, denn ich war das letzte der Geschwister, und er war der Kinder müde und von Natur aus ungeduldig; und darüber hinaus voller wirklicher und eingebildeter Sorgen, die durch seinen angeborenen Pessimismus von stürmisch-drohendem Licht überstrahlt wurden; und das einzige, was ihm wesentlich erschien, war, mich vor ansteckenden Krankheiten zu bewahren. Da meine Geschwister schon groß waren, war ich oft allein; und in der Einsamkeit kam ich zu einigen verqueren Vorstellungen, wie zu der, daß die Armen in die Schule gingen und die Reichen mit der Lehrerin zu Hause lernten; daher war ich vielleicht reich, was mir jedoch seltsam vorkam, da ich zu Hause immer sagen hörte, wir hätten »kein Geld«, und um mich herum keine Anzeichen von Reichtum wie Samt- oder Brokatvorhänge oder besonders gutes Essen sah.

In die Schule zu gehen war, wie in die Kirche zu gehen, ein Vorrecht der anderen; der Armen, vielleicht; jedenfalls derjenigen, die »wie alle« waren, während wir vielleicht wie niemand waren. Wir gingen weder in die Kirche noch in den Tempel, wie manche Verwandten meines Vaters: wir waren »nichts«, hatten meine Geschwister mir erklärt; Wir waren »gemischt«, das heißt halb Juden und halb katholisch, letztendlich aber weder das eine noch das andere: nichts.

Daß wir, was die Religion anging, »nichts« waren, schien für mich unsere gesamte Daseinsweise zu betreffen: Im Grund genommen waren wir weder echte Reiche noch echte Arme: aus jeder der beiden Welten ausgeschlossen, verbannt in eine neutrale, amorphe, undefinierbare, namenlose Zone. Ich hoffte, wir würden mit einem Schlag sehr reich werden; und noch mehr nährte ich die mit Entsetzen gemischte Hoffnung, daß sich das bewahrheiten würde, was mein Vater vorherzusagen pflegte, nämlich daß wir »im Ruin« enden würden, und ich sah uns alle eines Morgens auf den Trümmern unseres Hauses sitzen, das nachts wegen des großen Elends eingestürzt war, von Brennesseln überwuchert und in eine Staubwolke getaucht.

Ich stand spät auf, und während ich auf die Lehrerin wartete, las ich Romane und aß Brot dabei. Ich dachte oft daran, wie verschieden mein Leben von dem meiner Gleichaltrigen war: Ob besser oder schlechter wußte ich nicht, manchmal kam mir der Verdacht, daß es besser wäre, doch in dem Umstand, daß es anders war, lag für mich eine Demütigung. Privilegiert und gedemütigt, nährte ich in mir die Keime von Stolz und Scham. Die mangelnde Gewohnheit, mit anderen Kindern zusammenzusein, machte mich, wenn ich gelegentlich Spielgefährten hatte, den Schwachen gegenüber autoritär und den Starken gegenüber ängstlich; verwöhnt durch die Einsamkeit, die ich doch auch haßte, wurde ich dickköpfig und überheblich und gleichzeitig unbändig schüchtern; und ich war gleichzeitig auf Gesellschaft versessen und unfähig, den Willen der anderen zu ertragen.

Am Jahresende wurde ich in eine öffentliche Schule gebracht, um die Prüfungen abzulegen. Es war eine kleine Schule, schon fast auf dem Land; die Wahl war auf sie gefallen, weil meine Lehrerin dort unterrichtete. Man stieg an der Endhaltestelle der Straßenbahn aus und ging noch ein Stück zu Fuß zwischen Gemüsegärten und Kirschbäumen: Und ich wurde mit großem Jubel von einigen Lehrerinnen empfangen, lauter Kolleginnen und Freundinnen meiner eigenen, die mich hinbegleitete.

Kinder scharten sich um mich, neugierig und schüchtern; ich war ebenfalls neugierig auf sie und von hochmütiger Schüchternheit; sie hatten geschorene Köpfe, blaue Schleifen und weiße Kittel; sie sprachen piemontesisch, eine Sprache, die ich kaum verstand, die ich liebte und um die ich sie beneidete, da sie mir die erhabene und selige Sprache der Armen zu sein schien, jener, die in die Schule und in die Kirche gehen durften, jener, die das unermeßliche Glück hatten, all das zu sein, was ich nicht war. Ich fühlte in mir wie einen Pilz die stolze und demütigende Überzeugung wachsen, daß ich anders war und deshalb allein. Die Lehrerinnen lobten mein Italienisch und meine Körpergröße, da sie, glaube ich, nicht wußten, wofür sie mich sonst loben sollten; denn nach den Worten meiner Lehrerin und meiner Mutter war ich eine große Eselin.

Ohne es zu verdienen und in dem undeutlichen Wissen, es nicht zu verdienen, wurde ich mit guten Noten versetzt: Ich machte mir nicht viel daraus, ich war nicht ehrgeizig; ich hatte während der Prüfungen weder Angst noch Herzklopfen verspürt; und einmal merkte ich gar nicht, daß ich eine Prüfung machte, denn da ich gehört hatte, nun beginne die »Examensprobe«, dachte ich, es handle sich nur um eine Probe, und die wirkliche Prüfung würde ich ein andermal ablegen; mit Staunen vernahm ich dann, daß die Prüfung schon vorbei war.

Das, was meine Mutter »dein Gymnasium« nannte, lag nicht weit von unserem Haus entfernt, und ich ging ständig daran vorbei. Ich wußte, daß es eines Tages meine Schule werden sollte. Als ich sie zur Aufnahmeprüfung zum ersten Mal betrat, sah ich nichts, da ich im Kopf ganz benebelt war; wenig an das Lernen gewöhnt, trübte schon der kleinste Versuch zu lernen meine Aufmerksamkeit;

nach dem einzigen, was ich liebte, einem Gedicht über Karl Albert, wurde ich nicht gefragt, und darüber war ich enttäuscht; doch es dauerte nur einen Augenblick, dann fiel ich zurück in den Zustand der Unbewußtheit. Der Sommer verging, und ich dachte nicht viel an meine zukünftige Schule: Ich siedelte sie zwischen den vielversprechenden Dingen an, die mir der Herbst vorbehielt, aber aus Zerstreutheit reihte ich sie unter die vielen neuen Beschäftigungen ein, denen ich mich widmen wollte: Mein faules Leben würde ungemein aktiv werden, ich würde Musik studieren und Sport treiben.

So fand ich mich eines Morgens mit Schulranzen und schwarzem Kittel im Gymnasium ein, das mir wie ein langer Flur voller Kleiderhaken vorkam. Es wimmelte von kleinen Mädchen in Kitteln aus *Satin*. Meiner war aus Alpaka, einem stumpfen und weichen Stoff, den ich für den Rest meines Lebens haßte. Ich trug einen Lederranzen und sah, daß auch das ein Fehler war, denn die anderen Mädchen hatten ihre Bücher mit Riemen zusammengebunden. Sie schwenkten sie mit einer Handbewegung, die mir sowieso unmöglich gewesen wäre, da ich plötzlich wie aus Holz war: einer Handbewegung, die mir der höchste Ausdruck der Freiheit und des Ruhms zu sein schien.

Alle kamen aus öffentlichen Schulen. Sie kannten sich untereinander, entweder, weil sie aus derselben Schule kamen oder weil für sie Freundschaft schließen so einfach war wie atmen. Mich immer mehr wie aus Holz oder aus Blei fühlend, betrat ich das Klassenzimmer, setzte mich und legte den Ranzen vor mich hin. Ich haßte sofort alles, die hellgrünen Wände, die schwachen Glühbirnen am regnerischen Tag, die Landkarte Italiens, die leeren Tintenfässer mit den angetrockneten Tintenkrusten. Vor Scham vergehend erinnerte ich mich daran, daß ich unterwegs gehofft hatte, daß man mich auffordern würde, etwas aufzusagen, und daß ich dann das Gedicht über Karl Albert aufsagen wollte.

Ich saß allein in der Bank und war die einzige, die allein war. Der Professor, ein hagerer älterer Mann mit einem Ziegenbart, diktierte die Liste der Schulbücher. Mit einem Füllfederhalter, an dem man sich die Finger fleckig machte, schrieb ich und zählte mir indessen innerlich die Gründe auf, aus denen ich kein Recht auf die Zustimmung meiner Mitmenschen hatte: meine gerippten Strümpfe aus brauner Baumwolle; meine hohen Schuhe; und noch andere, die meiner Person unsichtbar anhafteten, mich aber auf dunkle Weise gezeichnet hatten: die zahllosen Mängel, die mein Zuhause befleckten, kein Telefon, keine Blumen auf dem Balkon, zerrissene Tapeten an den Wänden; die Tatsache, daß wir »kein Geld« hatten, und dennoch nicht wunderbar arm waren; die Wutausbrüche meines Vaters, die an jedem Tag losbrechen konnten, auch an Ostern oder an den Geburtstagsfesten.

Mir bot sich das Bild meines Zuhauses, verabscheuungswürdig und geliebt, ein Zufluchtsort, an dem ich mich in Kürze verstecken, aber nicht trösten würde, weil der Kummer, keine Freunde zu haben, mich immer und überallhin verfolgen würde. Meiner Mutter wollte ich heftige Vorwürfe machen wegen meines Kittels, wegen des Ranzens und des Füllers, sonst aber nichts sagen. Ich würde ihr nicht enthüllen, daß ich allein in der Bank saß und niemand ein einziges Wort an mich gerichtet hatte. Die Gründe, aus denen mein Unglück geheim bleiben mußte, waren mir dunkel; ich wußte jedoch, daß der Gedanke, ich könne meine Mutter traurig machen, meinem Vorsatz zu schweigen fremd war.

Zum ersten Mal in meinem Leben war es mir gleichgültig, ob meine Mutter sich freuen oder traurig sein würde; ich war unendlich weit von meiner Mutter entfernt, die ich doch vor kurzem erst verlassen hatte und in Kürze wieder zu Hause antreffen würde; ich sah mein Leben in Bahnen verlaufen, wo keine der Personen vorkam, die bis zu jenem Tag bei mir gewesen waren.

Nie sollst du mich befragen

Da ich ein Abonnement für die Oper habe, gehe ich mehrmals im Jahr in die Oper. Ich verstehe die Musik nicht: Also höre ich nicht zu. Oft schlafe ich, oder ich denke. Ich denke an all die Opern, die ich in meinem Leben gehört habe. Gehört habe ich sie, nicht: ihnen zugehört. Und vielleicht ist sogar gehört noch zuviel gesagt. Ich denke an all die Opern, bei denen ich dabei war, als nutzloser, in seine eigenen Gedanken versunkener Zeuge. Das Opernhaus, das ich schon seit langer Zeit besuche, und wo ich schon viel geschlafen und gedacht habe, ist für mich ein sehr vertrauter und deshalb gastlicher Ort.

Jedesmal nehme ich mir vor zuzuhören: Jedesmal beschließe ich, daß ich zuhören werde. Doch nach einer Weile schwindet meine Aufmerksamkeit. Es gibt kurze Augenblicke, in denen ich, unfreiwillig und beinahe zerstreut, zuhöre: Und in jenen kurzen Augenblicken genieße ich die Töne. Die Befriedigung darüber, daß ich zugehört habe, ist so groß, daß ich mich in ihr verliere wie in einem Meer: Und schon bin ich wieder abwesend.

Ich verfolge die Handlungen der Opern nicht. Ich lese niemals die Libretti zu Hause, denn dort verstehe ich überhaupt nichts von jenen Geschichten, die zwischen Gesang und Musik mit allen Verwicklungen aufgerollt werden; sie sind mir völlig gleich, ja, ich hasse sie sogar.

Obgleich ich schon oft in der Oper war, frage ich mich jedesmal, ob ich zuhören oder zuschauen soll. In der Unsicherheit tue ich keines von beiden. Ich habe, was die Musik angeht, immer den Eindruck, daß ich sie hätte lieben können und sie mir durch einen tragischen Irrtum entwischt ist. Ich habe manchmal den Eindruck, daß ich vielleicht die Musik liebe und die Musik mich nicht liebt. Sie befand sich vielleicht nur einen Sehritt weit entfernt, und ich habe es nicht verstanden, den schmalen Raum zu überbrücken, oder sie hat es nicht gewollt.

Als ich jünger war, dachte ich, daß ich die Musik an einem bestimmten Punkt verstehen würde. Als ich noch jünger, das heißt, als ich ein Kind war, glaubte ich, daß ich eine wunderbare Pianistin oder Geigerin werden würde. Einem hingerissenen Publikum von mir komponierte Symphonien und Opern vorspielen würde.

Die erste Oper, von der ich in meinem Leben hörte, war *Lohengrin*. Meine Mutter erzählte mir davon; und es ist die einzige Oper gewesen, deren Geschichte mich gerührt hat. Daß Elsa diese Unbesonnenheit beging, tat mir außerordentlich leid. Nichts zu fragen wäre so leicht gewesen. Das sind die Dinge, über die man sich niemals hinwegtröstet, genauso, wie man sich niemals darüber hinwegtröstet, wenn man *Krieg und Frieden* gelesen hat, daß Natascha den Fürsten Andrej verläßt, um mit diesem Dummkopf von Anatol durchzubrennen.

In bezug auf die Geschichte von Elsa im *Lohengrin* dachte ich als Kind wutentbrannt, daß ich nie so gehandelt hätte, nie auf die böse Ortrud gehört hätte, nie Lohengrin nach seinem Namen gefragt hätte. Ich wunderte mich, daß ein Name so viel Neugier erwecken könnte (und ließ dabei außer acht, daß er in mir nur deshalb keine Neugier weckte, weil ich ihn schon kannte). Lohengrins Worte an Elsa »Nie sollst du mich befragen« kann ich noch heute nicht hören oder leise vor mich hinsagen, ohne daß mir ein Schauer über den Rücken läuft. In ihnen schwang für mich in der Kindheit die Ahnung mit, daß sie zwecklos sein würden; sie klangen wie ein herzzerreißender Befehl, da schon klar war, daß er übertreten werden würde, daß sich darin eine Katastrophe ankündigte, die die beiden auseinanderbringen würde und angesichts derer die Rückkehr des Bruders für Elsa und alle anderen ein magerer Trost war.

> Nie sollst du mich befragen
> noch Wissens Sorge tragen
> woher ich kam der Fahrt
> noch wie mein Nam' und Art!

Die törichte Elsa dagegen wollte wissen, wie er hieß. Ich dachte daran, wie schlecht es ihr gegangen sein mußte bei der enttäuschenden Enthüllung

> (Mein Vater Parzival trägt seine Krone,
> sein Ritter ich – bin Lohengrin genannt),

nach der das Unheil über sie hereingebrochen war. Ich pflegte die Geschichte auf meine Weise zu rekonstruieren. Elsa fragte nichts, und sie lebten glücklich und selig. Oder er, Lohengrin, blieb bei ihr, obwohl sie ihm nicht gehorcht hatte. Denn an einem gewissen Punkt kam mir die Tatsache, daß er wegen einer solchen Kleinigkeit fortging, noch idiotischer vor als ihre Unbesonnenheit.

Allerdings verstand ich auf einmal, daß die Geschichte mit einem glücklichen Ausgang zusammenbrach, jedes Feuer aus ihr verschwand. Das Geheimnis ihrer Größe bestand in dem Vergehen und in der Unwiderruflichkeit des Vergehens. Es war eine elementare Wahrheit, doch sie verblüffte mich, und der Augenblick, in dem sie in mein Bewußtsein drang, hat sich tief in mein Gedächtnis eingegraben, da ich damals zum ersten Mal in meinem Leben eine Überlegenheit des Unheils über das Glück zu ahnen begann.

Als ich *Lohengrin* im Theater sah, war ich enttäuscht. Ich fand, daß der Schwan zu klein war, eher eine Art Gans, Lohengrin ältlich und durch einen zu großen Helm verunstaltet, Elsa kleinwüchsig und ältlich und mit zwei gelben Schwänzen, in nichts dem geflügelten Wesen ähnlich, das meine Phantasie bewohnte. Ich sagte zu meiner Mutter, daß mir die Oper im Theater nicht gefiele, weil die Musik die Worte übertönte. Ich hörte die Worte lieber mit der Stimme meiner Mutter. In Wirklichkeit erkannte ich jene Worte im Theater nicht nur wegen der Musik nicht wieder, sondern auch weil sie von den Koloraturen und Trillern geschluckt wurden. Elsas goldene und Ortruds schwarze Zöpfe lebten zum Hausgebrauch in mir weiter, und ich verlor die Hoffnung, sie je im Theater wiederzufinden. Es ist durchaus möglich, daß jene frühe Enttäuschung die Ursache für mein geringes Interesse an Opern ist.

Später sagte mein Mann zu mir, daß *Lohengrin* eine große Oper sei, aber keine der größten. Ich glaubte ihm nicht. Ich behielt die Überzeugung, daß es die größte Oper Wagners sei. Die Worte »Nie sollst du mich befragen«, die meine Mutter morgens beim Kaffeetrinken sang und die ich selbst zu grölen pflegte, da ich nicht wußte, wie falsch ich sang, sondern dachte, ich könnte eine berühmte Sängerin werden, diese Worte haben die magische Kraft, mich in die glücklichen Vormittage meiner Kindheit und zu meiner Mutter zurückzuversetzen.

Ich habe immer mit Menschen gelebt, die die Musik liebten und verstanden. Zuerst mit meiner Mutter, und später mit meinem Mann. Der eine wie die andere drängten mich immer dazu, ins Konzert und in die Oper zu gehen, indem sie mir erklärten, daß es in Wirklichkeit nichts zu verstehen gebe, daß es genüge zuzuhören, daß meine Taubheit für die Musik nur Faulheit sei. Ich bin auch immer in die Oper und ins Konzert gegangen, aber jedesmal entdeckte ich, daß jener einfache Akt des Zuhörens mir verwehrt war. Die Musik ist für mich ein unbekanntes Universum.

Eines Abends in der Oper war da ein Sänger, dessen Stimme etwas Rauhes hatte. Ich fand seine Stimme faszinierend. Auf einmal hörte ich Pfiffe, und der Vorhang wurde heruntergelassen. Die anderen, die, die etwas davon verstanden, hatten das Urteil abgegeben, daß jener Sänger schlecht sang. Er trat dann hinter dem Vorhang hervor und entschuldigte sich. Ich erinnere mich an ihn, fett, klein, gedemütigt, mit gesenktem Kopf. Alle klatschten daraufhin. Ich klatschte, so laut ich konnte, sowohl weil ich ihn sympathisch, mild und bescheiden fand, als auch, weil seine rauhe Stimme mir, da ich nichts von Musik verstehe, sehr süß vorgekommen war.

Im Laufe meines Lebens habe ich einige Arien aus einigen Opern geliebt. Wenn *Don Carlos* gegeben wird, warte ich auf den Moment, in dem ich *In düstrer Grüfte Schweigen* hören werde. Dieser Augenblick ist mir dann immer zu kurz.

Schlaf find ich erst,
gekrönt zum letzten Mal,
wenn sich mein Tag
zur ew'gen Nacht will neigen,
Schlaf find ich erst
in düstrer Grüfte Schweigen,
in meinem Sarge dort im Escorial.

Ich liebe diese Arie so sehr, daß mich eines Tages, als ich eine Zahnpasta kaufte, ein Schauer der Rührung überlief und ich erst nach einer Weile verstand, daß die Marke der Zahnpasta, nämlich *Arobal*, mich an »Escorial« und die »düstren Grüfte« erinnert hatte. Ich weiß nicht, ob ich bei jener Arie das Bild, die Melodie oder die Worte liebe. Die psychologische Situation, die zu jener Arie führt, nehme ich undeutlich wahr, und sie ist mir gleichgültig. Vor und nach jener Arie ist *Don Carlos* eitel Lärm für mich.

Ich hoffe in der Oper immer, ein paar Arien zu ernten, an die ich mich dann erinnern und die ich lieben kann. Aber in den allermeisten Opern ist nichts für mich dabei. Arienlos, bevölkert von Hellebarden und Helmen, voller in gespenstisches Licht getauchter Pappfelsen, voller Getöse und Geschrei, haben die Opern, die ich besuche, für mich keinerlei Sinn.

An diesem Punkt wird man mich fragen, warum ich eigentlich ein Abonnement für die Oper habe. Ich weiß es nicht. Ich weiß ja nun, daß die Musik für mich endgültig verloren ist. So bin ich immer erstaunt und verblüfft über meine Unterlegenheit den anderen gegenüber, denn das ganze Theater scheint jenem Lärm und jenem Geschrei zuzuhören und jene gespenstischen Felsen zu betrachten und ihre Sprache zu verstehen. Für mich schweigen sie, ich bin fast nie in das Spiel einbezogen. Doch ich denke, daß für die anderen Leute vielleicht alle Opern so sind wie für mich die »düstren Grüfte« oder wie in *Figaros Hochzeit*, »lei resti servita, madama brillante«, eine Arie, die ich liebe, die ich mit heimnehme und endlos wiederhole, und die, wenn ich Mineralwasser, *acqua brillante*, trinke, mein Gedächtnis durchweht und mir einen Schauer der Fröhlichkeit und der Kälte verursacht, der, vielleicht, die Liebe zur Musik in mir ist.

Die Kritik

*J*eder, der heute schreibt, und was immer er auch schreibt – Romane oder Essays, Lyrik oder Theater –, beklagt die Abwesenheit oder die Seltenheit einer Kritik, das heißt, die Abwesenheit oder Seltenheit eines klaren, unerschütterlichen, unbestechlichen und reinen Urteils. Im Wunsch nach einem solchen Urteil verbirgt sich vielleicht die Erinnerung an die Kraft und Strenge, die in unserer Kindheit die Vaterfigur ausstrahlte. Wir leiden unter der Abwesenheit der Kritik auf die gleiche Weise, wie wir, in unserem Erwachsenenleben, unter der Abwesenheit eines Vaters leiden.

Doch wenn das Geschlecht der Kritiker ausgestorben oder beinahe ausgestorben ist, so deshalb, weil das Geschlecht der Väter ausgestorben oder im Aussterben begriffen ist. Schon lange Zeit Waise, bringen wir Waise hervor, da wir unfähig gewesen sind, selbst Väter zu werden: Und so suchen wir vergeblich in unserer Mitte das, wonach wir heftig dürsten, eine unerbittliche, klare und stolze Intelligenz, die uns mit Distanz und Abstand prüft, die uns von einem hohen Fenster aus beobachtet, die nicht herabsteigt und sich zu uns in den Staub unserer Höfe gesellt; eine Intelligenz, die an uns denkt und nicht an sich selbst, maßvoll, unbestechlich und klarsichtig gegenüber unseren Werken, klarsichtig im Erkennen und Aufzeigen dessen, was wir sind, unerbittlich im Suchen und Bestimmen unserer Laster und Fehler. Doch um in unserer Mitte eine Intelligenz dieser Art zu beherbergen, müßten wir eine Luzidität und eine Reinheit des Geistes besitzen, an der es uns heute allen gebricht; und es kann unter uns kein von uns zu verschiedenes Wesen leben.

Was unsere Haltung den Kritikern gegenüber betrifft-solchen, von denen wir uns ein Urteil erwarten, das uns über uns selbst aufklärt, uns hilft, stärker das zu sein, was wir sind und nichts anderes, das wir aber nur selten oder fast nie bekommen –, so ist sie häufig unzivilisiert. Wir pflegen von den Kritikern Wohlwollen zu erwarten. Wir erwarten es wie etwas, das uns zusteht. Wenn wir es nicht bekommen, fühlen wir uns unverstanden, verfolgt und Opfer eines ungerechten Hasses; und wir sind sogleich bereit, bei den anderen irgendwelche verwerflichen Ziele auszumachen.

Wenn ein Kritiker mit uns befreundet ist oder auch einfach jemand, den wir manchmal treffen und mit dem wir wenige Worte wechseln, so lassen uns die Freundschaft oder jene zufälligen Begegnungen sicher annehmen, daß sein Urteil schmeichelhaft für uns ausfällt; und wenn es nicht so ist und wir an Stelle eines schmeichelhaften Urteils eine erbarmungslose Lektion erteilt bekommen oder auch nur ein vorsichtiges Schweigen, erfaßt uns eine verblüffte Niedergeschlagenheit und gleich danach giftig aufflammender Groll: als hätten uns die Freundschaft oder jene seltenen Begegnungen ein Recht auf ewige Gunst verliehen: Denn unsere Unsitte führt dazu, daß wir von der Freundschaft oder auch von einem einfachen Höflichkeitslächeln nicht etwa das Wahre, sondern einen unmittelbaren Vorteil für uns verlangen.

Sicher dürfte dem Kritiker unser Groll nichts ausmachen; genau wie der Groll der Kinder einem unparteiischen Vater nichts ausmachen dürfte, der das klare Bewußtsein hat, gerecht zu handeln und zu denken. Doch die Kritiker von heute sind genau wie die Väter von heute, fragil, nervös und empfindlich gegen den Groll der anderen; sie befürchten, Freunde zu verlieren oder Bekannte zu beleidigen; ihr gesellschaftliches Leben ist weit verzweigt, und indem sie eine Person beleidigen, können sie noch tausend andere beleidigen; wie die Väter heute haben auch sie Angst vor Haß: Sie haben Angst, in einer feindseligen Gesellschaft als einzige die Wahrheit zu sagen. Oder aber sie wollen Haß, streben danach wie nach einer starken und wesentlichen Würze ihres Kritikerlebens; sie wünschen sich, in Haß gekleidet zu sein wie in eine prächtige, glitzernde Uniform. Und das als gesellschaftliche Koketterie zur Schau gestellte Streben nach Haß kann ebensowenig wie die Angst vor Haß einen festen Boden für die Suche und für die Behauptung der Wahrheit abgeben.

Was einer, der schreibt, nie tun darf, denke ich, ist, sich negative Kritiker oder Schweigen, das sich über sein Werk breitet, zu sehr zu Herzen zu nehmen. Dem Erfolg unseres Werks eine übermäßige und wesentliche Bedeutung zuzuschreiben, enthüllt in uns einen Mangel an Liebe für das Werk selbst. Wenn wir es wirklich geliebt haben und noch lieben, wissen wir, daß das, was ihm zustößt, der Verlauf seines Schicksals, das Unverständnis, auf das es treffen kann, oder die Gunst, nur vorübergehende Bedeutung haben, so wie für einen Fluß oder eine Wolke die Länder und die Bäume wenig zählen, auf die sie unterwegs stoßen.

In Wirklichkeit hat einer, der schreibt, nicht das Recht, für sein Werk irgend jemanden um irgend etwas zu bitten. Wenn er den Verleger gemahnt hat, ihm das zu bezahlen, was ihm zusteht, eine legitime und unerläßliche Notwendigkeit, so bleiben ihm keine weiteren praktischen Aufgaben mehr in bezug auf seine Bücher. Er kann zu Hause bleiben, sich ausruhen und an sich selbst denken. Vielleicht ist es nicht sinnvoll, daß er zu viel an die Werke denkt, die er schon beendet hat und die, im Lärm oder in der Stille, ihren Weg gehen. Er hat den großen Genuß gehabt, sie zu schreiben; und dies müßte ihm im Grunde für immer genügen.

Ich sage nicht, daß die Urteile der Kritiker ihm gänzlich gleichgültig sein sollen: Es kann durchaus nützlich für ihn sein, sie mit dem Urteil zu vergleichen, das er selbst im Geiste über sein Werk gefällt hat, und sich zu überlegen, wieviel von seinem eigenen Urteil von einer instinktiven Nachsicht für die eigenen Fehler diktiert ist, wieviel davon klarsichtige Kenntnis und wieviel Delirium und Hochmut ist.

Allerdings gelingt es uns selten, so weise zu sein. Selten gelingt es uns, unser Werk mit wahrer Liebe zu betrachten. Die wahre Liebe für unser Werk läßt unser Auge stets ironisch und heiter bleiben: So wie in unserem Leben jede Liebesleidenschaft unvollkommen ist, wenn nicht der heitere, scharfsinnige und durchdringende Blick der Erkenntnis sie erhellt.

Die Urteile, die wir von der Kritik über unsere Werke erhalten, sind häufig von Sympathie oder Antipathie, Zuneigung oder Haß durchdrungen. Manchmal handelt es sich um persönliche Sympathie oder Antipathie; manchmal gelten die Sympathie oder die Antipathie nicht uns, sondern der Tendenz oder Strömung, der wir vermeintlich angehören: Und da wir meistens nicht wissen oder nicht denken, daß wir irgendeiner Tendenz oder Strömung angehören, und uns isoliert und als Einzelgänger fühlen, klingt ein solches Urteil fremd für uns und erscheint uns unbrauchbar.

Die Sympathie der anderen ist uns immer sehr willkommen und erweckt unsere Sympathie; eine kurze Weile genießen wir ein tiefes Gefühl von Wohlbefinden; doch wenn diese Empfindung verraucht ist, stellen sich uns die Fragen über die Qualität und das Wesen unseres Werks so unverändert wie zuvor. Die Antipathie der anderen mißfällt uns; sofort werden wir uns selbst sehr unsympathisch, aber gleichzeitig werden uns diejenigen maßlos unsympathisch, die sich verächtlich über unsere Werke geäußert haben; wir verfallen in einen unzusammenhängenden und verwirrten Seelenzustand, in Bitterkeit, Niedergeschlagenheit und Auflehnung; der Zweifel, ob wir erbärmlich sind oder ob nicht vielmehr unsere böswilligen Kritiker erbärmlich sind, windet und krümmt sich in uns, und wir hassen uns selbst, die Kritik und das Leben zugleich.

Doch im einen wie im anderen Fall handelt es sich für uns um Stimmungen, das heißt, um schlechte Laune oder Vergnügen: In bezug auf unser Werk kommt es uns im Grunde immer so vor, als hätten wir nichts erfahren, was wir nicht schon vorher wußten.

Die Kritik ist für uns auch dann eine Enttäuschung, wenn wir in ihrem Aufbau eine stechende Sehnsucht wahrnehmen, die Sehnsucht oder den Wunsch nach dichterischem Schaffen. Diese Art Sehnsucht läßt in uns, sowie wir von weitem ihren Geruch wittern, unseren Glauben an das Urteil erlöschen, auch wenn dieses Urteil sich als elegant und reizvoll formuliert erweist. Wir spüren, daß uns Eleganz und reizvolle Formulierungen bei einem Kritiker überhaupt nicht nützlich sind: Wir bewundern sie, können aber nichts damit anfangen. Die Eleganz und die reizvollen Formulierungen, die Raffinessen und Zartheiten des Stils, und eine Art melancholischer Unruhe, die wir am Grund seines Gedankens mitschwingen fühlen, lassen uns in dem Kritiker einen Unseresgleichen erkennen, und innerlich mischt sich unter unsere Bewunderung ein Gefühl von Unsicherheit, Unbehagen und beinahe Abscheu. Wir haben zwischen uns und ihm eine Art Vetternverwandtschaft gesehen: Und wir brauchen keinen Vetter oder Spielgefährten: Wir brauchen einen Vater.

Ich denke dennoch, daß es, wenn wir keinen Vater haben, wie schon gesagt, daher kommt, daß wir keinen verdienen. Unfähig, in uns selbst unsere Fehler auszumachen und zu lesen, sie unbarmherzig beim Namen zu nennen, stets bereit, sie zu übergehen und zu übersehen, vor uns selbst so zu tun, als gäbe es sie nicht, tolerant gegenüber den Lastern und Fehlern unserer Blutsverwandten und Freunde, von einer Toleranz, die nicht aus Mitleid oder Verständnis erwächst, sondern aus Untätigkeit, Gleichgültigkeit und vor allem Verwirrtheit besteht, pflegen wir uns über die Abwesenheit der Kritik zu beklagen wie Kinder, die im dunklen Zimmer schlafen sollen.

In unserer Angst und in der Erwartung eines Vaters, der nicht kommen wird, um uns zu helfen, weil es ihn einfach nicht gibt, betrachten wir mit immer heftigerem Wunsch das Bild eines Wesens, das Ordnung in unser zerstreutes und verworrenes Leben bringen wollte; wir sehen den Schatten seiner hohen, wachsamen Gestalt auf die Wände fallen, hören seine strenge Stimme im Schatten erklingen. Doch die Tat, unsere Tränen zu trocknen und selbst in die Kleider des Vaters zu schlüpfen, diese vielleicht so einfache Tat ist uns unmöglich und verwehrt, und schwankend und zitternd bewegen wir uns weiter im Schatten.

Kollektives Leben

*W*enn ich ehrlich sein soll, so flößt mir meine Zeit nur Haß und Langeweile ein. Ob das so ist, weil ich alt und rückständig, gelangweilt und hypochondrisch geworden bin, oder ob das, was ich empfinde, ein gerechtfertigter Haß ist, weiß ich nicht. Ich denke, daß sich viele Angehörige meiner Generation dieselbe Frage stellen.

Ich habe den Eindruck, daß der Haß und die Langeweile in einem bestimmten Augenblick in mir begonnen haben. Zeitlich kann ich diesen Augenblick nicht genau bestimmen, ich weiß jedoch, daß alles plötzlich geschehen ist, nicht nach und nach. Es ist vor einigen Jahren gewesen: vor fünf oder sechs Jahren etwa. Vorher war mir alles, was meine Zeitgenossen verfolgten und liebten, nie hassenswert oder fremd gewesen; alles, was die Menschen um mich herum neugierig machte, verführte und mitriß, machte auch mich neugierig, verführte mich und riß mich mit. Doch auf einmal habe ich dann gefühlt, daß es nicht mehr so war; daß ich weiterhin in mir Dinge verfolgte, die den Menschen um mich herum ganz gleichgültig waren: und umgekehrt. Und das, was meine Mitmenschen entzückte, flößte mir nur Ekel ein. Müßte ich das, was mir zugestoßen ist, in ein Bild übersetzen, so würde ich sagen, ich habe den Eindruck, daß die Welt plötzlich mit Pilzen zugewachsen ist und mich diese Pilze nicht interessieren.

Ich möchte jedoch verstehen, ob das etwas ist, was ich mit meinem persönlichen und privaten Altsein erklären muß, oder ob plötzlich ein gerechtfertigter Haß in mein Bewußtsein gedrungen ist. Eine solch gleichgültige oder angeekelte Haltung gegenüber der Neugier, den Neigungen und Gebräuchen, die sich in der Gegenwart um mich herum entwickeln, erscheint mir an sich recht albern und tadelnswert. Sich der Gegenwart zu verweigern, sich in der rückwärtsgewandten Trauer um eine tote Vergangenheit einzuigeln bedeutet, sich dem Denken zu verweigern.

Noch alberner und noch schuldhafter allerdings erscheint mir die umgekehrte Haltung: Das heißt, sich zu zwingen, alles zu lieben und zu verfolgen, was um uns herum an Neuem auftaucht. Dies ist eine noch größere Beleidigung des Wahren. Es bedeutet, daß wir uns fürchten, uns so zu zeigen, wie wir sind, nämlich müde, verbittert, unbeweglich geworden und alt. Es bedeutet, daß uns davor graut, beiseite geschoben zu werden; daß uns davor graut, mit unserer nutzlosen Trauer in unsere verfallenden Reiche abgedrängt zu werden.

Daß unsere Trauer um eine vergangene Welt nutzlos ist, daran besteht kein Zweifel. In der Tat wird jene Welt, so wie sie war, nie wieder auferstehen können. Und es ist außerdem sehr zweifelhaft, ob man ihr wirklich nachtrauern sollte. In dem Umstand, daß wir dazu neigen, ihr nachzutrauern, da sie die Welt war, die unsere Jugend beherbergte, ist nichts weiter zu sehen als eine sentimentale Regung, eine Schwäche unseres Geistes. Dies vorausgesetzt, muß jedoch auch gesagt werden, daß es dem Menschen völlig unmöglich ist zu bestimmen, was ihm nützlich und was ihm nutzlos ist. Der Mensch weiß es nicht.

Ich denke, was ich an meiner Zeit hasse, ist im wesentlichen eine falsche Auffassung von nützlich und nutzlos. Für nützlich erklärt man heute die Wissenschaft, die Technik, die Soziologie, die Psychoanalyse, die Befreiung von sexuellen Tabus. All dies wird für nützlich gehalten und mit Verehrung umgeben. Der Rest wird als nutzlos verachtet. Jedoch enthält der Rest eine Welt von Dingen. Offenbar sind sie als nutzlos zu bezeichnen, da sie für die Geschicke der Menschheit keinen fühlbaren Vorteil mit sich bringen. Sie aufzuzählen wäre schwierig, da es unendlich viele sind. Unter anderem das individuelle moralische Urteil, die individuelle Verantwortung, das individuelle moralische Verhalten. Das Warten auf den Tod. Alles, was das Leben des Individuums ausmacht. Der einsame Gedanke, die Phantasie und die Erinnerung, die Trauer um die verlorenen Lebensalter, die Melancholie. Alles, was das Leben der Poesie bildet. Ein solches Wort, vernachlässigt, geschmäht und gedemütigt, erscheint heute so altmodisch und mit verflossenen Tränen und Staub durchtränkt, als wäre es geradezu selbst das Gespenst der Nutzlosigkeit, so daß man sich sogar schämt, es auszusprechen.

Da also alles, was das Leben des Individuums bildet, vernachlässigt und abgetötet wird, da die Götter des kollektiven Daseins verehrt und geheiligt werden, geschieht es, daß vom einsamen Gedanken gar nichts mehr gehalten wird. Es ist beschlossen worden, daß er zu nichts nütze ist, daß er keinerlei Macht hat, daß er das Leben des Universums in keiner Weise beeinflußt. Da die Menschheit krank zu sein scheint, werden nur solche Dinge nützlich genannt, die man für Arzneien hält, um sie zu kurieren.

Der einsame Gedanke taucht nicht auf, außer als melancholische und sterile Frucht der Einsamkeit und Mühe; und zwei Dinge werden heute mit aller Gewalt gehaßt und zurückgewiesen, die Mühe und die Einsamkeit. Man versucht sie zu bekämpfen und zu vernichten, wo immer man eine blasse Spur davon entdeckt. Man versammelt sich in Gruppen, um sich vor der Dunkelheit und der Stille zu schützen, vor der mühsamen und zermürbenden Präsenz des eigenen Einzelseins; man tut sich in Gruppen zusammen, um zu reisen, um zu leben, um zu musizieren und zu singen, um Werke zu schaffen. Man kommt auch in Gruppen zusammen, um Liebe zu machen: denn mühsam und zermürbend, zu sehr mit der Einsamkeit verwandt erscheint die berüchtigte uralte Beziehung zwischen einer einzelnen Frau und einem einzelnen Mann. Der Wunsch, sich mit allen Mitteln vor Einsamkeit und Mühe zu schützen, tritt vor allem in zwei Ausdrucksformen des gegenwärtigen Lebens zutage: in den schöpferischen Werken und in den Beziehungen von Frauen und Männern.

Das beliebteste Lebensalter heutzutage ist die Adoleszenz: da sie das Alter ist, in dem wir für die Genüsse des Erwachsenenlebens empfänglich werden und in dem uns zugleich die Mühe der Erwachsenen noch erspart bleibt. Sie ist auch das Alter, in dem uns Schuld verziehen wird. So erscheint die Welt von heute wie das Reich der Heranwachsenden; Frauen und Männer verkleiden sich als Heranwachsende, ungeachtet des Alters, das sie erreicht haben. In diesem Traum von Adoleszenz sehen sich Männer und Frauen zum Verwechseln ähnlich, wollen offenbar gleich wirken: ein und dasselbe Zwitterwesen, schmachtend, umherstreunend und sanftmütig, schutzlos und zart, mit bunten zerschlissenen Gewändern und wallenden Haaren; eingetaucht in ewige Mattigkeit, verloren auf ewiger Pilgerschaft, absichtslos und ohne Zeit. Etwas zwischen einer Jungfrau, einem Flüchtling, einem Mönch, einer Prinzessin. Dieses Wesen, das zugleich wie Mann und Frau erscheinen will, will auch zugleich sehr reich und sehr arm erscheinen und vielfältige Schicksale auf sich vereinen und teilen: Auch kennt es keine Jahreszeiten, da sich in seiner Kleidung Sommer und Winter vermischen.

Auch darin, daß man in Gruppen zusammenkommt, um Liebe zu machen, daß man das Geheimnis der Beziehung zu zweit ablehnt, verbirgt sich ein Traum von Adoleszenz. Wir können darin den Wunsch lesen, daß die dramatischste aller existierenden Beziehungen, die Beziehung zwischen Mann und Frau, ihre Dramatik verlieren und sich in etwas Unschuldiges verwandeln möge, das einem Kinderspiel möglichst nahe kommt, absichtslos, mühelos und nicht von Dauer, leicht, vorübergehend und unblutig.

Was die schöpferischen Werke betrifft, so bringen sie ebenfalls einen Wunsch nach Nicht-Mühe, Nicht-Qual, Nicht-Schmerz, Nicht-Blutvergießen zum Ausdruck; die schalen, wirren Romane und Verse, die heute geschrieben werden, sagen deutlich, daß, um sie zu schreiben, nicht der Schatten einer wirklichen Mühe aufgewandt wurde, und wer sie geschrieben hat, sich darauf beschränkte, sich in seiner Schalheit und Verwirrung zu spiegeln; die Kunstwerke, die in den Galerien und Museen zu sehen sind, bestehend aus echten Besenstielen und echten Plastikeimern, die Bilder, die aus einer einfachen Farbschicht gemacht sind, haben nicht mehr erfordert als eine rasche Suche in der Küche oder einen raschen Pinselstrich, so ähnlich, wie wenn man ein Zimmer streicht.

Indem er so wortwörtlich die flüchtigste und schnödeste Realität in die Kunst hineinträgt, beabsichtigt der Mensch von heute die Leere und das Mißtrauen auszudrücken, das ihn umgibt, eine Leere, aus der er nichts bezieht als einen Besen, eine Glaskugel oder einen Farbklecks; aber er drückt auch seinen Willen aus, sich selbst das Blut, die Anstrengung, die Qual und die Einsamkeit der Schöpfung zu ersparen.

In Wahrheit erscheinen Mühe und Einsamkeit als die am meisten zu fürchtenden Feinde des Lebens, weil die ganze Menschheit unter Mühe und Einsamkeit leidet. Der Mensch von gestern wußte das nicht; er konnte leben, ohne all das Unglück seiner Gattung zu kennen. Dem Menschen von heute bleibt nichts mehr verborgen, was seinesgleichen unter der Sonne geschieht; deshalb kann er das Zusammenleben mit sich selbst nicht mehr aushalten, haßt sein Abbild und fühlt auf seinen Gliedern eine universale und unerträgliche Bewußtheit lasten. Seine Befreiung besteht darin, daß er jede Neigung zu Schmerz und Mühe aus seinem Geist verbannt; und mit ihnen jedes Schuldgefühl, jedes einsame Entsetzen. Seine Befreiung besteht darin, sich in einen Zustand ewiger Adoleszenz, extremer Unverantwortlichkeit und Freiheit zu flüchten; seine Komplexe, Hemmungen, Neurosen wegzuschieben; sie nach langer Erforschung abzuschütteln wie Schatten oder Alpträume; sie als nutzlos zu definieren und gleichzeitig mit ihnen die ganze Welt des Geistes als nutzlos zu definieren.

Daß er sich so seiner Komplexe und Hemmungen entledigt hat, macht ihn weder stolz noch froh, weil der Mensch von heute keinen Ort in sich hat, wo er froh oder stolz sein kann. Außerdem weiß er, daß sich die Welt der Ängste und Alpträume nicht aufgelöst hat, sondern einfach ausgesperrt worden ist und an seiner Schwelle lauert. Man hat ihn gelehrt, daß es Mittel gibt, um sich gegen diese verborgenen Präsenzen zu wehren, und er wendet sie an. Es sind Drogen, Kollektivität, Lärm, Sex. Es sind die vielfältigen Ausdrucksformen seiner Freiheit. Nicht stolz und nicht froh und nicht einmal verzweifelt, weil sie sich nicht entsinnen kann, je etwas gehofft zu haben, ohne Vergangenheit und ohne Zukunft, weil sie weder Vorsätze noch Erinnerungen hat, sucht diese Freiheit des Menschen von heute in der Gegenwart kein zerbrechliches Glück, das sie nicht zu nutzen verstünde, da sie weder Phantasie noch Gedächtnis besitzt, sondern eine blitzartige Empfindung von Überleben und möglicher Wahl.

Nachdem der Geist verbannt wurde, hat der Mensch von heute nichts zu seiner Verfügung als diese herrische, zufällige und blitzartige Wahl. Was sie von der Gegenwart erfaßt, ist wie der Besenstiel oder die Waschschüsseln der aktuellen Kunstwerke: ein Gegenstand, in Wahrheit recht banal und ordinär, aber doch ein Gegenstand, der in der Leere ausgewählt und hastig festgehalten wurde; ein Zeichen, daß eine Wahl noch möglich ist, daß ein Gegenstand noch einzigartig genannt werden kann, da er, man weiß nicht warum, ausgewählt wurde unter den Millionen identischer Gegenstände, die durch den Raum wirbeln.

Das Kind, das die Bären sah

*V*or drei Jahren bin ich zum erstenmal in meinem Leben nach Amerika gereist. Einer meiner Söhne lebte dort seit einem Jahr, und einer meiner Enkel war dort geboren worden. Mein Sohn, seine Frau und das Kind sollten noch ein weiteres Jahr dortbleiben. Das Kind war inzwischen einige Monate alt, und ich hatte es bisher nur auf dem Photo gesehen. So lernte ich gleichzeitig Amerika und meinen Enkel Simone kennen. Ich kann nicht sagen, viel von Amerika begriffen und gesehen zu haben, da ich in den Reflexen langsam bin und wenig begabt, schnell etwas von unbekannten Orten zu begreifen. Von der Reise habe ich diese Erinnerung: Sehr viele Stunden lang war es Nachmittag, das Flugzeug brummte dem Anschein nach bewegungslos in einem tiefblauen Himmel und über schneeweiße Wolkenbuckel, und die Sonne machte keinerlei Anstalten unterzugehen; dann war es plötzlich finster und regnete. Der Augenblick, in dem jener bewegungslose und strahlende Nachmittag sich in ein nächtliches Unwetter verwandelte, muß sehr kurz gewesen sein, denn er ist mir entfallen. Während wir landeten, tobte der Wind, und auf dem Flugfeld waren Laufstege mit Zinkdächern darüber installiert worden, auf die der Regen trommelte.

Meine ersten Eindrücke waren vom Gewitter durchzuckte Straßen und lange, taghell erleuchtete, dröhnende Unterführungen. Die Stadt war Boston. Ich hatte in meinem Leben schon sehr viele Bücher gelesen, die von Boston handelten, aber das einzige, das mir, ich weiß nicht, warum, damals einfiel, war ein Roman mit dem Titel *Der Laternenanzünder*, den ich im Alter von neun Jahren gelesen und geliebt hatte. Er spielte in Boston und handelte von einem sehr armen, mißhandelten und wilden kleinen Mädchen namens Gertrude, und diese Gertrude wurde von einem sehr gutherzigen alten Mann aufgenommen und adoptiert, der von Beruf Laternenanzünder war. Ich beglückwünschte mich auf einmal dazu, daß ich mich in Gertrudes Stadt befand. Allerdings gab es rings umher keine Spur von Laternen, und es war schwierig für mich, in jenen dröhnenden Unterführungen die ruhigen und leeren Bilder wiederzuerkennen, die ich in meiner weit zurückliegenden Kindheit um den Namen Boston gerankt hatte. Dennoch begleitete mich die Erinnerung an den *Laternenanzünder* die ganze Zeit hindurch, die ich in Boston blieb, und im Grunde entdeckte ich nach einer aufmerksamen Prüfung, daß die Stadt derjenigen, welche aus der Asche meiner kindlichen Vorstellungskraft wiederauferstanden war, gar nicht so unähnlich war. Ich wußte noch, daß Gertrude, als sie so arm war, sich von Abfällen zu ernähren pflegte. Also schaute ich mir auf den Straßen Bostons aufmerksam die großen Mülltonnen an, die vor den Häusern standen. Was den Abfall betraf, erklärte mir mein Sohn morgens, daß es zwei Tonnen gebe, eine für *organischen* und eine für *anorganischen* Abfall. Daher hielt ich jedesmal, wenn ich etwas wegwerfen wollte, inne, um zu überlegen, ob es in die Tonne für *organischen* oder in die für *anorganischen* Abfall gehörte. Später, als ich nach Italien zurückgekehrt war, dachte ich immer noch über *organisch* und *anorganisch* nach, obwohl ich dann alles in einen einzigen Eimer warf, wie wir es hier zu tun pflegen.

Auf dem Heimweg, am Abend meiner Ankunft, sprachen mein Sohn und seine Frau sofort von der langen Reise, die sie im Auto, mit dem Kind, in die »Rocky Mountains« unternehmen wollten. Ich wußte schon länger von ihrem Plan, aber in diesem Sturm mit Wind und Regen kam mir die Idee unsinnig vor, und ich sagte, daß das Kind unter der Kälte leiden würde. Sie machten mich darauf aufmerksam, daß wir jetzt Mai hätten, die Reise im Sommer stattfinden würde und deshalb höchstens die übergroße Hitze eine Gefahr wäre. Sie sagten, daß sie jedoch mit der Landkarte zum Kinderarzt gegangen seien, ihm die Reiseroute gezeigt hätten und der Kinderarzt einverstanden gewesen sei. Dieser Kinderarzt pflegte sich von seinen Klienten »Jerry« nennen zu lassen. Wenn er einen Termin gewährte, steckte er ein Kärtchen in den Briefkasten, auf dem geschrieben stand: »Jerry freut sich auf Simones Besuch Dienstag um drei. « Doch auch wenn Simone vierzig Fieber gehabt hätte, wäre Jerry ihm keinen Millimeter entgegengekommen, weil er keine Hausbesuche machte. Das war die Regel, und dagegen verstieß in Amerika kein Kinderarzt. Über Jerry erfuhr ich noch, daß er Simone sehr gesund, aber etwas zu dick fand. Jerry wollte, daß die Kinder dünn sein sollten. Ich fand, daß Amerika tatsächlich ein Land mit lauter dünnen Kindern war. Darüber hinaus schien es mir, daß die Kinder zu dünn angezogen waren und blaugefrorene Hände hatten, weil sie keine Handschuhe trugen.

Als ich ihn am Abend meiner Ankunft zum erstenmal sah, lag Simone wach in seinem Bett, trug einen weißen Strampelanzug aus Baumwolle und spielte mit einer platten Katze aus rotem Wachstuch. Er hatte kein einziges Haar auf dem Kopf und schwarze, ironische, sehr aufmerksame und durchdringende Augen. Sah man sehr genau hin, so konnte man auf seinem nackten Kopf einen ganz feinen blonden Flaum erkennen. Die Augen waren schmal und zu den Schläfen hin verlängert. Ich fand, daß er Dschingis-Khan ähnlich sah.

Nach einigen stürmischen Tagen brach plötzlich ein glühendheißer Sommer aus. Daraufhin sagte ich, daß eine Reise bei dieser Hitze gefährlich sei. Ich hätte wer weiß was dafür gegeben, wenn ich das Kind nach Italien hätte mitnehmen können, aufs Land, in den Schatten dichtbelaubter Bäume. Aber seine Eltern waren unerschütterlich. Sie dachten, in den »Rocky Mountains« würde es sich besser amüsieren. Ich entgegnete, daß ein Kind von wenigen Monaten keinen Unterschied zwischen den »Rocky Mountains« und einem Kaninchenstall sehen würde. Predigten, Beschwerden und Beschimpfungen waren während meines Aufenthaltes in Amerika meine Hauptäußerungen. Vor allem beunruhigte mich, daß dieses zarte und ahnungslose Kind drei Monate lang kein Zuhause haben würde. Mein Sohn und seine Frau hatten nämlich ihr Haus bis Oktober untervermietet. Simone würde im Auto schlafen oder im Motel oder im Zelt, das sie schon gekauft hatten und das mein Sohn zur Übung bei einem Freund auf dem Rasen aufstellte. Bis Anfang Oktober würde Simone nicht das Dach seines Zuhauses über dem Kopf haben. Er würde aber – sagten sie zu mir – immer sein eigenes Bett haben. Sein Bett war nämlich auseinandernehmbar und konnte verkleinert und im Auto installiert werden. Auch das wurde oftmals geprobt. Ich weiß nicht, ob es an der Ungeschicklichkeit meines Sohnes lag, aber die Operation, die nötig war, um das Bett im Auto zu installieren, dauerte sehr lange und war nicht weniger mühsam als die Aufstellung des Zeltes auf dem Rasen.

Ich beobachtete diese Reisevorbereitungen mit wachsender Besorgnis. Mein Sohn und seine Frau kamen jeden Tag mit Dingen heim, die für die Reise bestimmt waren, mit großen Plastikflaschen für Wasser und Pulver gegen Skorpionstiche. Sie kauften auch einen riesigen Plastiksack und taten alle Spielsachen des Kindes hinein. Ich bemerkte, daß er sinnlos und ihnen nur im Weg sein würde, doch sie hatten bei Doktor Spock gelesen, daß ein Kind auf der Reise seine sämtlichen Spielsachen dabeihaben müsse. Denn da sie Jerry nicht immer fragen konnten, suchten sie oft Rat und Trost in dem Buch von Doktor Spock.

Nichtsahnend lebte das Kind in dem Haus, als ob es seines bleiben würde bis ans Ende aller Tage, und wußte nicht, daß ihm die »Rocky Mountains« drohten. Es lag im Kinderwagen auf der hölzernen Veranda vor dem Haus, schwenkte seine rote Katze und blickte mit seinen Dschingis-Khan-Augen in die Welt. Es war ein schönes Kind, dick und kräftig, sogar zu dick für Jerrys Geschmack, und trank mit Freuden flaschenweise Milch, wehrte sich aber wie wild gegen jede andere Art von Nahrung. Ich schlug vor, ihm die berühmte Gemüsebrühe zu kochen. Aber mein Sohn und seine Frau äußerten sich sehr abfällig über Gemüsebrühe. Andererseits verstand auch ich, daß es sinnlos war, das Kind an Gemüsebrühe zu gewöhnen, die stundenlang kochen mußte und unmöglich auf einer Reise mit dem Auto zubereitet werden konnte.

Nach Italien zurückgekehrt, war ich den ganzen Sommer besorgt, obgleich aus den »Rocky Mountains« Ansichtskarten und beruhigende Photographien des nackten, braungebrannten Kindes auf den Schultern seiner Eltern eintrafen. Am Ende des Sommers und als sie längst wieder zu Hause waren, erhielt ich einen Brief meines Sohnes, in dem er mir von der Reise erzählte und unter anderem schrieb, daß sie sich eines Nachts auf einem Zeltplatz befunden hätten, auf den Bären gekommen waren, vermutlich angezogen vom Geruch einer Sirupflasche, die auf dem Dach ihres Autos zerbrochen war. Mit dem Kind auf dem Arm im Zelt kauernd, hätten sie die Bären belauert, die sich am Auto zu schaffen machten und gegen eine Eisbox wüteten. Es handelte sich keineswegs um niedliche Plüschbären, sondern um häßliche, große und mächtige Tiere, und um sie zu vertreiben, hätten sie Topfdeckel aneinanderschlagen müssen. Bei Sonnenaufgang wären sie ins Reisebüro gegangen und hätten sich nach einem Zeltplatz erkundigt, auf den die Bären nie einen Fuß setzten.

Diese fürchterliche, wenn auch längst überstandene Geschichte entsetzte mich, und ich schrieb Briefe mit Predigten und Vorhaltungen. Nach einem weiteren Winter und einem weiteren Sommer, in dem sie noch eine Reise unternahmen, diesmal in den »deeper south«, einen Ort, von dem ich wußte, daß er heiß und gefährlich war, kehrten sie nach Italien zurück. Ich empfing das Kind mit dem Gefühl, daß es gefährliche Abenteuer überstanden hatte. Das Kind konnte nun laufen und sprechen. Auf seinem langen, schmalen Kopf waren feine, sehr zarte blonde Haare gewachsen. Es hatte einige Manien. Es wollte nichts von frischem Obst wissen und verlangte Birnensaft in Flaschen. Es wollte nichts von Wollpullovern wissen, weil sie »haarig« waren. Das einzige Kleidungsstück, das es bei Kälte anzuziehen bereit war, war seine alte, ausgeblichene Windjacke. Ich dachte, daß bei seinem Abscheu vor dem »Haarigen« vielleicht Abscheu oder Angst vor jenen Bären, die es gesehen hatte, mitspielt. Doch vielleicht ist das eine unsinnige Vermutung von mir, da es damals noch zu klein war, um zu erschrecken. Nach und nach überzeugten wir es, daß man das »Haarige« an den Pullovern zum Verschwinden bringen konnte, wenn man kräftig mit einem Ärmel rieb. Dennoch blieb die Windjacke sein Lieblingskleidungsstück.

Eines Nachmittags sollte es zu mir kommen. Ich erwartete es am Fenster. Ich sah es mit seinem Vater die Straße überqueren. Ernst ging es an der Hand seines Vaters und war doch in sich versunken, als wäre es allein; in der Hand trug es eine Nylontasche, in die es seine Windjacke gestopft hatte. Es hatte in jenen Tagen eine Schwester bekommen, vielleicht war es deshalb so ernst. Sein Schritt, sein langer und stolzer schmaler Kopf, sein dunkler und tiefer Blick ließen mich plötzlich etwas Jüdisches in ihm erkennen, das ich noch nie gesehen hatte. Es kam mir auch vor wie ein kleiner Emigrant. Als es in Boston auf der Veranda saß, schien es wie ein Fürst in der Welt zu herrschen, die ihn umgab. Es war wie Dschingis-Khan. Jetzt war es nicht mehr wie Dschingis-Khan, die Welt hatte sich ihm wandelbar und unstabil gezeigt, in ihm war vielleicht ein verfrühtes Bewußtsein aufgekommen, daß die Dinge bedrohlich und flüchtig waren und daß ein menschliches Wesen sich selbst genug sein muß. Es schien zu wissen, daß ihm nichts gehörte außer jener ausgeblichenen Nylontasche, die vier Bildchen, zwei angekaute Bleistifte und eine ausgeblichene Windjacke enthielt. Ein kleiner Jude ohne Land, der mit seiner Tasche die Straße überquerte.

Der weiße Schnauzbart

*M*it elf Jahren erfuhr ich, daß ich allein zur Schule gehen sollte. Diese Nachricht erfüllte mich mit Gram: Ich sagte aber kein Wort und verbarg meine Trostlosigkeit hinter einem breiten, falschen Lächeln, da ich seit einiger Zeit die Gewohnheit angenommen hatte, schweigend zu lächeln, wenn ich Gefühle empfand, die mir niedrig erschienen.

Ich war noch nie allein ausgegangen; und ich war nie zur Schule gegangen, da ich die Grundschule daheim absolviert hatte. Es kamen Lehrerinnen ins Haus, um mich zu unterrichten: Lehrerinnen, die meine Mutter oft wechselte, weil ich verschlafen war und sie immer hoffte, eine zu finden, die mich aufwecken würde. Die letzte war ein junges Fräulein mit Filzhut; wenn ich ihr nach langem Zögern die richtige Antwort gab, pflegte sie zu sagen »Te deum«, und sie sagte es so schnell, daß ich »tedem« hörte und lange nicht herausbekam, was dieses zwischen den Zähnen gemurmelte »tedem« bedeutete. Jedenfalls bestand ich dank der Lehrerin Fräulein Tedem die Abschlußprüfung der Grundschule.

Meine Mutter ließ mich wissen, daß sie mich nun »im Gynasium« angemeldet hatte: sie sprach dieses Wort nur mit einem n aus. Das Gynasium war der Ort, wo ich die Prüfung gemacht hatte: Und nachdem es ganz in der Nähe unseres Hauses lag, sollte ich allein hingehen und allein wieder heimgehen, weil ich aufhören sollte zu sein, was ich war, nämlich »eine Plage«.

Ich war aus verschiedenen Gründen »eine Plage«. Ich konnte mich weder allein anziehen noch mir die Schuhe zubinden; ich konnte weder mein Bett machen noch das

Gas anzünden; ich konnte nicht stricken, obgleich mir mehrmals Stricknadeln in die Hand gedrückt worden waren; darüber hinaus war ich sehr unordentlich und ließ meine Sachen überall herumliegen, als hätte ich, sagte meine Mutter, »zwanzig Bedienstete« gehabt; während es doch kleine Mädchen gab, die in meinem Alter die Wäsche wuschen, bügelten und ganze Menüs kochten.

Ich dachte, daß ich nicht aufhören würde, »eine Plage« zu sein, wenn ich allein zur Schule ginge. Ich war und blieb für immer eine Plage. Ich hatte meinen Vater erklären hören, ich sei für immer eine Plage: Und schuld daran sei nicht ich, sondern meine Mutter, die mich schlecht erzogen und verwöhnt habe. Auch ich dachte, daß meine Mutter daran schuld sei und nicht ich: Doch das tröstete mich nicht über den Umstand hinweg, daß ich nicht wie jene flinken, beneidenswerten kleinen Mädchen war, die Bettwäsche bügelten und stopften, mit Seife und Geld umzugehen verstanden, mit dem Schlüssel die Haustür auf- und zuschlossen und allein mit der Straßenbahn fuhren. Unendliche, unüberbrückbare Distanzen trennten mich von ihnen. Es gab im übrigen nichts, worin ich begabt gewesen wäre: Ich war nicht sportlich, ich war nicht lernbegierig, ich war nichts: Und auf einmal schien mir das, was ich doch längst wußte, da ich es zu Hause mehrfach hatte wiederholen hören, ein großes Unglück zu sein.

Mein Vater wollte jedoch nicht, daß ich allein auf die Straße ginge. In die Schule solle mich das Dienstmädchen begleiten, sie habe ja, wie er immer sagte, »sowieso nie etwas zu tun«. »Wehe, wenn du sie allein zur Schule schickst«, hatte er meine Mutter angeschrien; und meine Mutter hatte ihm versichert, das Dienstmädchen würde mich stets begleiten. Sie log; und ich merkte es. Ich wußte, daß meinem Vater ab und zu Lügen aufgetischt wunden: Das war nötig, weil er, wie meine Mutter immer wieder sagte, »einen sehr schlechten Charakter« hatte, und die Lügen dienten dazu, uns allen ein wenig Luft zu verschaffen, uns vor seinen vielfältigen Befehlen und Verboten zu schützen. Ich hatte jedoch bemerkt, daß die Lügen meiner Geschwister gegenüber meinem Vater eine gewisse Aussicht auf Dauer hatten; aber die Lügen, die meine Mutter ihm erzählte, krankten von vornherein an innerer Zerbrechlichkeit und verlöschten im Zeitraum eines Tages. Was mich betraf, so log ich meinen Vater einfach deshalb nicht an, weil ich überhaupt nie den Mut hatte, das Wort an ihn zu richten: Ich hatte vor ihm eine heilige Furcht. Wenn es geschah, daß er mich etwas fragte, so antwortete ich ihm so leise, daß er es nicht verstand und brüllte, daß er nicht verstanden habe: Dann sagte meine Mutter ihm, was ich gesagt hatte, und mit der Stimme meiner Mutter kamen meine Worte mir elend vor; ich zeigte ein breites, törichtes Lächeln: das Lächeln, das auf meinem Gesicht erschien, wenn ich die Angst und die Scham, Angst zu haben, in mir zittern fühlte.

Ich war überzeugt, daß mein Vater bald entdecken würde, daß mich niemand zur Schule begleitete: Sein Zorn pflegte mit der Raserei eines Sturms über die Lügen meiner Mutter hereinzubrechen; und ich haßte es, der Anlaß für einen Streit zwischen meinen Eltern zu sein: Das haßte und fürchtete ich am meisten auf der Welt.

Ich dachte, daß mein Leben früher, als ich noch nicht zur Schule ging, sehr süß gewesen war. Es war gewiß das Leben einer Plage: Aber wie sehr liebte ich es in der Erinnerung. Ich stand spät auf und nahm lange, kochendheiße Bäder: So war ich meinem Vater ungehorsam, der verlangte und glaubte, ich solle zu jeder Jahreszeit kalt baden. Dann aß ich gemächlich Obst und Brot; und mit einem Stück Brot in der Hand begann ich zu lesen, auf allen vieren auf dem Fußboden. Ich sagte mir manchmal, daß eines der großen Unglücke, die mich treffen konnten, darin bestünde, daß mein Vater beschlösse, nicht mehr in seinem Institut zu arbeiten, wo er, in einen grauen Kittel gekleidet, die Tage verbrachte; sondern daß er seine Sachen nach Hause brächte, den Kittel, das Mikroskop und die

Glasplättchen, auf denen er seine Versuche studierte; dann würden mir alle Dinge, die ich morgens tat, verboten werden, von den heißen Bädern bis zu dem Brot, das ich beim Lesen auf dem Boden aß. Ich war nicht lernbegierig. Mein Vater interessierte sich nicht dafür, ob ich lernte, da er, wie er oft erklärte, »an anderes zu denken« hatte; Sorgen dagegen bereitete ihm das Lernverhalten eines einige Jahre älteren Bruders von mir, »der stinkfaul war und zu nichts Lust hatte«, was meinen Vater »um den Verstand brachte«. Meine Mutter teilte ihm ab und zu mit, daß ich »die Arithmetik nicht verstand«, doch diese Nachricht schien ihn nicht zu erschüttern. Er pflegte jedoch ganz allgemein gegen »die Faulenzerei« zu wettern; und meine Vormittage waren reine Faulenzerei, und ich wußte es und dachte es, wenn ich Brot aß und dabei mit einem unbestimmten Schuldgefühl und größtem Vergnügen Romane las.

Kam dann die Lehrerin, richtete ich mich mit kribbelnden Knien und wirrem Kopf auf, setzte mich mit ihr an den Tisch und zeigte ihr meine unvollständigen und verkehrten Hausaufgaben. Sie wurde wütend und schimpfte mich aus, doch ich hatte keine Angst: An die Zornesausbrüche meines Vaters gewöhnt, kam die Schelte von Fräulein Tedem mir vor wie Taubengurren. Ich fixierte ihren Filzhut, ihre Perlen, ihr seidenes *Foulard*; kein Hauch von Angst ging für mich von ihrem mit Schildpattnadeln festgesteckten Knoten aus, von ihrer Tasche, die sie auf dem Tisch abgestellt hatte und die der Handtasche meiner Mutter glich. Der Schrecken trug für mich die Züge meines Vaters: seine gerunzelte Stirn, seine Sommersprossen, seine langen, zerfurchten, hohlen Wangen, seine struppigen krausen Augenbrauen, sein finsteres rotes Bürstenhaar.

Als ich zur Schule ging, änderte sich mein Leben schlagartig. Ich hatte erst kürzlich gelernt, die Uhr zu lesen: Denn früher hatte ich ja nie wissen müssen, wie spät es war. Jetzt schaute ich hunderttausendmal auf die Uhr, die an der Straßenecke direkt gegenüber von meinem Fenster angebracht war. Diese beiden Uhren haßte ich. Mein Leben hatte sich nach und nach mit Dingen angefüllt, die ich haßte. Bei meinem Erwachen zog ich mit unendlicher Traurigkeit die Jalousie hoch und warf einen Blick auf die Straße, die mich erwartete, noch dunkel, menschenleer, mit der vom schwachen Schein einer Laterne beleuchteten Uhr. Ich mußte allein in die Schule gehen; so hatte meine Mutter es beschlossen. Ich hätte es meinem Vater enthüllen können; doch eine solche Idee verwarf ich sogleich erschreckt wieder. Es wären Stürme losgebrochen, die auch mich erfaßt hätten. Die Lüge meiner Mutter, über das Dienstmädchen, das mich begleitete – hielt sonderbarerweise stand: Es war eine ihrer seltenen Lügen, die mit Lebenskraft begabt waren.

Ich haßte die Porzellanschüssel, die in meinem Zimmer stand und an der ich mich nur flüchtig wusch, während ich ein wenig mit der kalten Seife herumspielte; ich haßte es, auf den Flur hinauszutreten und womöglich meinem Vater zu begegnen, an den Tagen, an denen er spät dran war, und seine mißbilligenden Ausrufe über meine Person zu hören: über meinen Morgenrock, den er lächerlich fand, über mein verschlafenes Gesicht und meine Blässe. Er schrie diese Kommentare meiner Mutter zu, die noch im Bett lag und ihm mit schwachem Gestotter antwortete. Meine große Sorge war, daß er noch im Haus verweilen und mich sehen könnte, während ich es *allein* verließ. Erleichtert sah ich zu, wie er seinen riesigen Regenmantel überzog, sich die Baskenmütze aufs feuerrote Bürstenhaar setzte, hinausging und die Tür mit den Glasscheiben zuwarf, die noch lange zitterte. Im Eßzimmer brannte das Licht, und es gab noch Zeichen, daß mein Vater hiergewesen war: der Geruch seiner Pfeife, die Teekanne auf dem Tisch, die Tube mit Sardellenpaste und ein Stück Gorgonzola auf einem geblümten Teller, der zurückgeschobene Stuhl und seine neben die Teetasse geworfene Serviette. Ich fand seine Gewohnheiten abstoßend; ich verstand nicht, wie er im Morgengrauen Gorgonzola essen konnte. Ich nahm zwei Schluck lauwarmen Milchkaffee: Meine Mutter wollte, daß ich, bevor ich ging, »was Warmes runterkippen« sollte. Das Dienstmädchen gab mir ein Päckchen, das ein Butterbrot mit Sardinen enthielt, und ich stopfte es in meine Manteltasche: Es war das, was meine Mutter »das Pausenhäppchen« nannte und was ich später am Vormittag in der Pause essen würde.

»Hast du was Warmes runtergekippt?« fragte meine Mutter von ihrem Bett aus. Ich antwortete nicht; ich bestrafte sie mit einem kalten Schweigen. Ich bestrafte sie dafür, daß sie mich allein zur Schule schickte, dafür, daß sie mir einen Füllfederhalter gekauft hatte, der auslief, dafür, daß ich einen Mantel tragen mußte, den sie »noch gut« und ich gräßlich fand, ich bestrafte sie, weil sie »das Pausenhäppchen« sagte, weil sie *»Gynasium«* nur mit einem n aussprach und weil sie keinen »Besuchstag« hatte, wie ihn alle Mütter meiner Schulkameradinnen hatten, nach dem zu urteilen, was ich zu meiner tiefen Betrübnis erfahren hatte. Ich bestrafte sie: indem ich fortging, ohne sie zu küssen.

»Vor dem Verlassen des Hauses etwas Warmes trinken« und »unterwegs mit niemandem sprechen« waren die beiden Dinge, die meine Mutter mir im Lauf des Tages mehrmals einschärfte. Die Straße war neblig, feindseliger und stiller denn je. Ich wäre gern gerannt, rannte aber nicht, weil es noch sehr früh war und ich sonst als erste in der Schule angekommen wäre: Und auch, weil ich fürchtete, lächerlich zu wirken. Ich hatte meinen Ranzen und den Atlas dabei. Zwanzigmal gingen meine Schuhe auf, und zwanzigmal blieb ich stehen, um sie wieder zuzubinden. Beim Corso angekommen, wartete ich lange, bevor ich ihn überquerte, weil ich es nie verstand, den rechten Augenblick zu nutzen: Und währenddessen dachte ich, daß meine Mutter, wenn ich unter eine Straßenbahn geriete und womöglich tot wäre, auf ewig über ihren großen Leichtsinn geweint hätte. Soweit ich verstanden hatte, hatte meine Schwester sie dazu überredet, mich allein in die Schule zu schicken: Denn ich wäre, hatte sie vielleicht zu ihr gesagt, »zu sehr eine Plage«, und sie würden mir eine Erziehung angedeihen lassen »wie bei den Priestern«: Mehrmals hatte ich gehört, wie meine Schwester meine Erziehung hart kritisierte. Ich trug meiner Schwester nichts nach: Der ganze Groll konzentrierte sich auf meine Mutter, die zuerst eine Plage aus mir gemacht hatte und mich dann auf der Straße alleinließ.

In der Schule empfing mich kein freundliches Gesicht: Denn ich hatte noch mit niemandem Freundschaft geschlossen. Das war mir unerklärlich. Ich wußte nicht, ob mein Mantel schuld war oder meine Mütze oder was. Mein Mantel hatte große grüne und schwarze Karos; er sei aus englischem Wollstoff, sagte meine Mutter, aber mir war das ganz gleichgültig: Er war alt, ich trug ihn schon seit drei Jahren: Er war zu kurz, der Rock sah eine Handbreit darunter hervor: Allerdings geschah das auch bei den anderen. Meine Mütze war aus gelber Angorawolle; es war eine neue, teure Mütze, aber vielleicht war sie komisch: Ich trug sie flach über ein Ohr gezogen. Meine Strümpfe waren verkehrt. Sie waren braun, aus gerippter Baumwolle; die anderen trugen weiße Kniestrümpfe, wenn sie jünger oder kleiner waren als ich, oder sie trugen durchsichtige Seidenstrümpfe. Meine Mutter sagte, sie könne es nicht leiden, wenn kleine Mädchen Damenstrümpfe trügen; und meine Schwester stimmte ihr zu. Ich aber fand meine gerippten Baumwollstrümpfe einfach verkehrt, weil sonst *niemand* solche Strümpfe hatte; ich sah dann, daß noch ein Mädchen welche trug, aber sie war aus einer anderen Klasse; in meiner Klasse hatte *niemand* solche Strümpfe, wie ich meiner Mutter unaufhörlich wiederholte, wenn ich heimkam. Sie erwiderte mir, daß sie viele Paare davon gekauft habe, die sie ja jetzt nicht einfach »wegschmeißen« könne: eine Antwort, die mir ausnehmend geschmacklos vorkam.

Der einzige Mensch, der in der Schule zu bemerken schien, daß es mich gab, war der Professor. Groß; alt; ein wenig gebeugt; rosig im Gesicht; mit einem Ziegenbart. Ich hatte ihn vom ersten Tag an sehr gemocht: Denn da mir ein Stift in die Nähe des Katheders gerollt war, war ich hingegangen, um ihn aufzuheben, und er hatte mir zugelächelt. Meine Liebe zu ihm war mit Angst vermischt. Zuweilen brach er in Zorn aus und schrie uns an, weil es in der Klasse laut war: Er schlug mit den Fäusten auf den Tisch, das Tintenfaß zitterte. Dennoch war mir, als käme meine Angst vor ihm nicht von seinen Zornesausbrüchen, sondern von etwas anderem: Ich wußte aber nicht, von was. Er war der Herr jener Orte: Sein war die Tafel, sein die Kreide, sein die Italienkarte, die hinter ihm hing; jene Gegenstände vergifteten seine Person, und seine Person vergiftete die Gegenstände: Der Schrecken ging von seinem blütenweißen Leinentaschentuch aus, von seinem Ziegenbart.

Ich wußte, daß er meine Lehrerin, Fräulein Tedem, kannte und daß sie mit ihm über mich gesprochen hatte: Wenn er also freundlich zu mir war, dann vielleicht, weil ich ihm »empfohlen« worden war und nicht aus Sympathie; doch sein Wohlwollen, obgleich durch diesen Verdacht getrübt, verführte und tröstete mich. Ich beschloß, für ihn zu lernen. Es schmerzte mich, daß er mich so ohne Freundinnen allein in der Bank sitzen, allein in der Pause essen sah; daß er jeden Morgen seinen Blick auf meine Einsamkeit richtete. Ich wäre ihm gern triumphierend, glücklich und strahlend erschienen; genauso wie ich ihm gern Hefte ohne Fehler abgegeben hätte. Meine Einsamkeit und meine Unwissenheit, so schien es mir, waren eins in meiner Person, verschmolzem zu etwas ganz Schwerem, etwas zwischen einer Schuld und einem Unglück, das ich überall hinter mir herschleifte, eine Last, die ich nie ablegen konnte.

Schließlich glaubte ich zu verstehen, daß es wegen des berühmten »Besuchstags« war, daß sich niemand mit mir anfreundete. Die Mütter meiner Kameradinnen hatten jede ihren »Besuchstag«: Einen Tag, an dem sie die anderen Mütter empfingen und Tee und Kuchen servierten; die Mädchen spielten indessen und tranken heiße Schokolade. Meine Mutter hatte keinen solchen »Besuchstag«: Sie hatte nie einen gehabt. Ihre Freundinnen besuchten sie, wann es sich ergab; und sie empfing sie, wo es sich ergab, in ihrem Schlafzimmer oder auf dem Balkon oder im Bügelzimmer, wo sie, auf dem Tisch sitzend, mit der Schneiderin schwatzte, die tageweise zum Arbeiten kam; selten bot sie jenen Freundinnen eine Tasse Tee an. Was die Mütter meiner Klassenkameradinnen anbelangte, so kannte sie sie nicht und kümmerte sich nicht darum, sie kennen zu sollen. Ich hörte, wie sich meine Kameradinnen in der Schule über jene Nachmittage unterhielten, über die Kuchen, ich hörte, wie sie untereinander über die Hüte und Kleider der verschiedenen Mütter und über die Einrichtung der verschiedenen Salons diskutierten; lauter Themen, für die ich mich völlig unvorbereitet fühlte: Ich verstand weder etwas von Möbeln noch von Hüten, und außerdem würden ja leider weder ich noch meine Mutter je in eines dieser Häuser eingeladen werden. Auch war ich mir gar nicht sicher, ob ich wünschte, daß meine Mutter an jenen Einladungen zum Tee teilnähme; denn es konnte geschehen, daß meiner Mutter unversehens für mich beschämende Enthüllungen entschlüpften: daß wir nicht gläubig waren oder daß wir Antifaschisten waren. Unter der Nicht-Gläubigkeit meiner Familie litt ich seit frühester Kindheit; doch auf die Tatsache, daß wir Antifaschisten waren, war ich immer sehr stolz gewesen: Und jetzt auf einmal erschien sie mir wie eine weitere verzweifelte Komplikation.

Zweimal pro Woche mußte ich auch nachmittags in die Schule zum Gymnastikunterricht. Als ich zum erstenmal zum Gymnastikunterricht ging, ging ich in meinem gewohnten Kleid hin: Und die Gymnastiklehrerin, eine alte Dame mit einem riesigen, grauen, haarigen Hut, sagte zu mir, ich müsse »in Uniform« kommen. Beim nächsten Mal kam meine Mutter mit und erklärte ihr, daß ich nicht bei den »kleinen Italienerinnen« Mitglied sei und keine Uniform besitze. Die Lehrerin antwortete, daß ich zum Gymnastikunterricht trotzdem in schwarzem Faltenrock und weißer Piquetbluse kommen müsse: Und sie sagte ihr, daß sie diese Art von Blusen und Röcken in einem Geschäft in der Via Bogino bekommen könne, wo Uniformen für »kleine Italienerinnen« und Balilla (Angehörige der paramilitärischen faschistischen Jugendorganisationen) verkauft würden. Das Wort »Via Bogino« beunruhigte mich und machte mich traurig. Eines Morgens ging meine Mutter allein in die Via Bogino: Sie erzählte mir, daß sie eine Bluse und einen Faltenrock verlangt und die Verkäuferin erwidert hatte: »Für eine ›kleine Italienerin‹, nicht wahr?« »Nein, nein«, hatte meine Mutter sogleich geantwortet, »für den Gynastikunterricht«, und die Verkäuferin hatte sie scheel angesehen.

»Für eine ›kleine Italienerin‹, nicht wahr?« – »Nein, nein, für den Gynastikunterricht«, wiederholte ich innerlich mit Verdruß. Mir schien, als müßte dieser Dialog von der Via Bogino bis in meine Schule widerhallen. Voll Haß zog ich den schwarzen Faltenrock und die Piquetbluse an: Der Rock war genauso wie der, den meine Kameradinnen an den Tagen des Gymnastikunterrichts trugen, aber auf meiner Bluse fehlte das faschistische Abzeichen, das alle anderen auf der Brusttasche aufgenäht hatten. Mein Leben lang hatte ich gehofft, gegen den Faschismus zu kämpfen, mit einer roten Fahne durch die Stadt zu laufen, blutüberströmt auf den Barrikaden zu singen; das Seltsame war für mich, daß ich auch jetzt nicht von jenen Träumen abließ; aber die Idee, ohne das Abzeichen vor jener Lehrerin mit dem griesgrämigen Gesicht unter dem großen Hut dort in der Turnhalle zu stehen, kam mir vor wie eine traurige Demütigung.

Die Gymnastikstunden waren der gräßlichste Moment in meinem Leben. Weder gelang es mir, die Stange hinaufzuklettern, noch zu springen. Ich war nicht sportlich: Zu Hause war mir so oft gesagt worden, daß ich

»nicht sportlich war«, daß ich mich jetzt, wenn ich am Fuß einer Stange stand, wie Blei fühlte. Als kleines Kind war ich in einen Gymnastikklub gegangen, schwedische Gymnastik: Dort war ich die beste von allen. Wie glücklich und fern mir jene Tage erschienen! Die Lehrerin mit dem großen Hut händigte jeder von uns zwei »Keulchen« aus: Diese beiden Keulchen mußte man schwingen und dazu sagen: »Wirbel, wirbel, Kreis, vier.« Welch abscheuliche Worte! Auf traurige Weise sangen sie den ganzen Tag in mir: Unablässig erinnerten sie mein Herz an den grauen, haarigen, zylinderförmigen Hut, den mürrischen Mund, der mich haßte und den ich haßte, weil ich rechts herum schwang, wenn man links herum schwingen mußte, weil ich kein Abzeichen hatte, weil ich am Tag der Vorführung am Jahresende schuld wäre, wenn sie eine schlechte Figur machte und mich und sie mit Schande bedecken würde.

Eines Morgens, während ich am Corso stand und auf den geeigneten Augenblick zum Hinübergehen wartete, tauchte ein Herr aus dem Nebel auf und grüßte mich. Es war ein kleiner rosiger Mann mit einem großen weißen Schnauzbart. Ich verwechselte ihn mit einem Bekannten meines Vaters, einem gewissen Professor Sacchetti, von dem ich wußte, daß er in jener Gegend wohnte: Daher grüßte auch ich ihn; er hakte sich bei mir ein und ging mit mir über den Corso. Er fragte mich, wie alt ich sei. Dann stellte er mir eine Frage, die ich ungemein befremdlich fand: Er fragte mich, »ob ich einen Papa hätte«. Da begriff ich, daß es sich keineswegs um Professor Sacchetti handelte; sofort stand das Bild meines Vaters vor mir, riesig und voller Zorn. Ich ging Arm in Arm mit einem Unbekannten. Ich wagte jedoch nicht, mich loszumachen, und schritt weiterhin wohlerzogen an seiner Seite dahin. Er roch stark nach Kölnisch Wasser und trug graue Stoffhandschuhe mit Reißverschluß. Ein paar Schritte vor dem Schultor zog er grüßend seinen Hut vor mir und verschwand im Nebel. Eine meiner Klassenkameradinnen, ein Mädchen mit blondem Pony, fragte mich, wer jener

Herr sei, der neben mir gegangen war. Ich antwortete ihr, es sei einer, den ich noch nie gesehen hatte. Sie fragte mich, ob ich verrückt sei, Arm in Arm mit einem Mann zu gehen, den ich noch nie gesehen hatte. Und sie sagte, daß es nicht richtig war von meiner Mutter, mich allein in die Schule zu schicken. Die Worte »Das ist nicht richtig von deiner Mutter« verletzten mich tief. Sie kam immer mit dem Dienstmädchen und einer Cousine zur Schule. Ihrer Mutter erschien das Dienstmädchen als Begleitung zu wenig. Sie wollte, daß auch die Cousine mitging. Ich dachte daran, daß ich keine Cousinen hatte. Ich beneidete sie um alles, um den blonden Pony, den gestärkten Kragen mit der blauen Schleife, ihre große Verständigkeit, ihren Vater, der Offizier in der Armee war, das Vorhandensein eines Gemäldes mit Widmung von Prinz Umberto in ihrem Salon. Ich hatte das Gemälde nie gesehen, aber die anderen Mädchen, die bei ihr zu Haus gewesen waren, davon sprechen hören.

Bitterliche Gewissensbisse überkamen mich. Ich hatte das getan, wovor meine Mutter mich immer gewarnt hatte. Ich hatte »mit einem Unbekannten gesprochen«. Die Erinnerung an unser wohlerzogenes, gedämpftes Gespräch erschien mir schrecklich. Ich hatte in der Vergangenheit mehrere furchterregende Begegnungen gehabt, im Park, im Kino: Aber nichts kam mir nun so unerklärlich vor wie jene Handschuhe mit Reißverschluß und jener gepflegte Schnauzbart.

Während des Unterrichts betrachtete ich den Professor: Und mir war, als hätte er in seinen rosigen Wangen, in seinen faltigen, ergrauten Schläfen eine entfernte Ähnlichkeit mit dem Mann mit dem weißen Schnauzbart.

Das Sonderbare war, daß es mir völlig unmöglich erschien, meiner Mutter zu erzählen, daß ich mit jenem Herrn die Straße entlanggegangen war und gesprochen hatte. Ich bemerkte, daß meine Art, mit meiner Mutter zu sprechen, so zerstreut und karg geworden war, seit ich zur Schule ging, daß für lange Sätze kein Platz war. Ich benutzte jetzt ihr gegenüber einen verächtlichen, schneidenden, kurz angebundenen Ton. Und in diesem schneidenden Ton war es mir ganz und gar unmöglich, ihr einen Fehler zu gestehen oder sie um Hilfe zu bitten

Ich hätte dazu meine Verachtung ablegen müssen. Doch es war mir unmöglich, sie auch nur eine Minute lang abzulegen, als steckte ich in ihr wie in einer Zwangsjacke. Ich fragte mich, was bloß mit mir geschehen war: Warum in aller Welt hatte ich plötzlich angefangen, meine Mutter zu verachten?

Ich dachte daran, mich meiner Schwester anzuvertrauen. Meine Schwester war verheiratet und wohnte in einer anderen Stadt: Sie kam jedoch manchmal am Wochenende. Sie und meine Mutter unterhielten sich dann im Salon: Und meine Mutter weinte oft, weil es ihr leid tat, daß meine Schwester von zu Hause weggegangen war. Sie fühlte sich allein, alt und nutzlos. Meine Schwester tröstete sie: Und ich fühlte mich von all dem ausgeschlossen; wenn ich hereinkam, schickten sie mich fort. Es gefiel mir nicht, meine Mutter so oft weinen zu sehen: Und ich dachte, daß ich sie deswegen verachtete: wegen ihrer Tränen, mit denen Unsicherheit und Schwermut in mein Leben tropften. Wenn ich mit meiner Schwester reden wollte, würde ich sie in mein Zimmer rufen müssen. Das schien mir sehr schwierig zu sein. Unabweislich stand mir meine Einsamkeit vor Augen: Ich hatte keinen Menschen auf der Welt, mit dem es mir leichtgefallen wäre, über den weißen Schnauzbart zu sprechen.

Ich beschloß, auf dem Schulweg immer zu rennen. Ihn sah ich jeden Morgen dort an der Ecke des Häuserblocks vor dem Corso stehen: ruhig, rosig, freundlich, mit seinem dunklen Mantel, dem Seidenschal, den Hut zum Gruß gezogen: Wie ein Hase rannte ich an ihm vorbei. Atemlos erreichte ich das schützende Schultor. Ich fand ihn auch wieder vor, wenn ich herauskam. Nach einer Weile sah ich ihn dann nicht mehr. Er war verschwunden. Es kam mir jedoch so vor, als hätte er die ganze Stadt verdunkelt. Giftig und versteckt lauerte er mit seinem Schnauzbart und seinen Handschuhen in irgendeiner unbekannten Straße. Ab und zu wiederholte ich innerlich mit seiner gutturalen Stimme: »Hast du einen Papa? Hast du eigentlich einen Papa?«

Schließlich hörte ich auf, mich vor ihm zu fürchten. Aber ich machte aus ihm ein Symbol für alle Dinge, die mir unbekannt waren und mir Grauen einflößten. Er war alles: Er war die Mathematik, die ich nicht verstand und die meine Mutter stets unpassend weiterhin »die Arithmetik« nannte; er war der Kleinste Gemeinsame Nenner und das Größte Gemeinsame Vielfache; er war mein Leben außer Haus, im Nebel, fern von meiner Mutter; er war meine Einsamkeit, meine Unfähigkeit, Freunde zu haben, meine Mühe bei den Hausaufgaben, mein Widerwille heranzuwachsen, die Schwermut, die mich überkam, wenn es dunkelte in der Stadt, wenn ich vom Fenster aus die trostlosen nächtlichen Straßen betrachtete. Früher war die Stadt für mich hell und einfach gewesen wie eine Wohnung: gemacht aus Straßen und Alleen, wo ich spielte, Hunden nachlief, Eidechsen fing, die ich in eine Schuhschachtel sperrte, von der Brücke aus mit meiner Mutter auf die Boote und von der Bahnüberführung aus auf die Züge hinuntersah. Jetzt stellte sich jene Stadt, die ich bewohnt hatte wie ein Haus oder ein Zimmer, als unbekannt, riesig und melancholisch heraus: Die einst festlichen und glücklichen Orte waren überflutet und entstellt worden.

Ich hatte in der Kindheit keine Traurigkeit gekannt: Ich hatte nur die Angst gekannt. Nun zählte ich mir innerlich die Dinge auf, die mich in der Kindheit sehr erschreckt hatten: ein Film, in dem ein Mann vorkam, der mit einem Messer dasaß und Cian hieß; das Messer brauchte er zum Brotschneiden, doch später brachte er jemanden damit um; und da mein Vater häufig den Rektor der Universität erwähnte, der Cian hieß und den er nicht ausstehen konnte, weil er Faschist war, sah ich jedesmal, wenn er »Cian« sagte, das Brot und das Messer vor mir

und empfand einen Schauder. Dann hatte ich Angst vor
den Faschisten: vor ihren Schwarzhemden, vor den grünen Binden, die sie am Bein trugen, vor ihren Lastwagen;
und vor ihrem Lied *Giovinezza giovinezza*; und vor der Ar-
beitskammer, die ausgebrannt war; und vor einem blut-
verschmierten staubigen Männerhut, den ich einmal neben einem verbogenen Fahrrad an einem Straßenrand
hatte liegen sehen; und vor einer Frau, die weinend da-
vonlief, und einem Mann, der sie verfolgte. Diese Dinge
hatten mich in der Kindheit vermuten lassen, daß es in der
Helle des Universums etwas Dunkles geben müsse: Sie
waren jedoch nur Angst und verschwanden im Handum-
drehen: Es genügte, damit sie verschwanden, die Stimme
meiner Mutter, die den Einkauf bestellte, oder das Ver-
sprechen eines Vergnügens oder die Ankunft eines Gastes,
oder daß bei Tisch ein neues feines Gericht aufgetragen
wurde, oder der Anblick der Koffer, die mich an den Sommer und an unsere Abreise aufs Land erinnerten. Doch
jetzt hatte sich hinter der Angst die Schwermut aufgetan.
Ich hegte nicht mehr nur den Verdacht, ich hatte nun die
dauerhafte Gewißheit, daß das Universum nicht hell und
einfach war, sondern dunkel, verdreht und geheimnisvoll,
daß überall verborgene Dinge nisteten, daß die Straßen
und die Leute Schmerz und Böses verdeckten und daß die
Schwermut niemals verschwand: Es gab keine Macht, die
sie hätte besiegen können. Es mochten Gäste kommen,
gute Gerichte bei Tisch aufgetragen werden, ich mochte
ein neues Kleid, ein neues Buch bekommen, ich mochte
Koffer sehen, an Züge, an das Land, an den Sommer denken: Die Schwermut würde mir überallhin folgen. Sie war
immer da, unbewegt, grenzenlos, unbegreiflich, unerklärlich, wie ein hoher schwarzer Himmel, drohend und leer.

Luna Pallidassi

*M*it zwölf Jahren, eines Sommers, schrieb ich ein trauriges Gedicht. Ich hatte schon einige andere Gedichte geschrieben, aber sie waren nicht traurig. Jenes traurige Gedicht schrieb ich, während ich mit einem Freund namens Lucio am Tisch saß. Wir waren in der Sommerfrische im Gebirge.

Lucio war mein Jahrgang, war aber drei Monate jünger als ich. Als ich klein war, wollte ich ihn heiraten, und die Vorstellung, drei Monate älter zu sein als er, störte mich sehr. Es kam mir vor wie ein schlechter Scherz des Schicksals. Meine Liebe zu Lucio war leidenschaftlich und autoritär. Er war mir gegenüber nachgiebig und gleichgültig. Wenn es Zeit war heimzugehen, weinte er nicht. Er zuckte nicht mit der Wimper. Er stand auf und ging. Ich dagegen weinte, verzweifelte, warf mich auf den Boden, jedesmal, wenn er ging. Eines Tages sagte ich zu ihm, er müsse sich, wenn ich stürbe, umbringen oder ins Kloster gehen. Er sagte zu mir, er werde weder das eine noch das andere tun.

All dies gehörte jedoch der Vergangenheit an. Mit zwölf dachte ich nicht mehr daran, ihn zu heiraten. Wir sahen uns nicht mehr jeden Tag.

Ich schrieb jenes traurige Gedicht, als ich daran dachte, daß unsere Liebe gestorben war. Ich erinnere mich nicht mehr an das ganze Gedicht, nur noch an einige Verse. Sie gingen so:

Und du, und du
Sollst nicht mehr lächeln,
Siehst du nicht, daß die Liebe vergeht,
So wie der Sommer, wie die Rosen,
Wie nichts besteht?

Er lächelte allerdings gar nicht. Er saß am anderen Ende des Tisches und schrieb ebenfalls ein Gedicht. Er schrieb überhaupt nicht gern, pflegte aber, wenn er mit mir zusammen war, alles nachzumachen, was ich tat. Lucio schrieb ein Gedicht, das nicht traurig war. Der Titel lautete *Gebirgsjäger*. Ich kann es noch auswendig. Es ging so:

> Gebirgsjäger sind's
> Dort unter den Pinien
> Und Salami
> In Scheiben
> Tut den Hunger
> Ihnen vertreiben.
> Gebirgsjäger sind's, die Italien gerettet,
> Und waren sie auch beim Wachen nicht mal auf Stroh
> gebettet.

Sein Gedicht erschien mir schön. Ich beneidete ihn darum. Auch meines gefiel mir. Er gab zu dem meinen keinen Kommentar ab. Er war jemand, der selten Kommentare oder Wertschätzungen zum Ausdruck brachte. Wir gaben seines einem meiner Brüder zu lesen, der lediglich bemerkte, daß Soldaten beim Wachen auf nichts gebettet seien.

Ich schrieb meines in ein Heft, in dem schon die anderen Gedichte standen, die ich geschrieben hatte. Es war ein Heft, das ich sorgfältig versteckt hielt. Meine Gedichte ließ ich niemanden lesen, außer Lucio, wenn ich sie vor seiner Nase schrieb.

Lucio und ich gingen nun schon seit einem Jahr aufs Gymnasium, und wir waren in derselben Klasse. In der Klasse tat er jedoch so, als kennte er mich nicht. Ich tat auch so, als kennte ich ihn nicht. Warum weiß ich nicht.

Wenn wir uns in der Sommerfrische trafen, sprachen wir lange über unsere Schule. Ich wußte jedoch so gut wie er, daß wir uns, sowie wir in die Schule zurückgekehrt wären, erneut wie zwei Fremde benommen hätten, ohne uns je zu grüßen oder auch nur ins Gesicht zu sehen.

Im Sommer, in den Ferien, erschien mir die Schule nicht so gräßlich wie während des Jahres. Ich hatte dort keine einzige Freundin, doch im Sommer vergaß ich das und dehnte die wenigen Worte, die ich mit einigen Mädchen gewechselt hatte, so aus, daß enge Freundschaften daraus wurden. Vor Lucio brüstete ich mich damit, sehr mit der Klassenbesten und der Zweitbesten befreundet zu sein, die Chirone und Carena hießen. Chirone hatte goldblondes Haar, blaue Augen und eine schrille Stimme; Carena war dünn und olivfarben, mit einem schwarzen, mit der Brennschere gelockten Haarschopf, der ihr über die Wange fiel und den sie mit einer kecken Geste hinters Ohr warf. Chirone hieß mit Vornamen Dimma; Carena Giuseppina, aber mit Spitznamen Gipy; ich fand, daß Chirone einen schönen Vornamen und einen schönen Nachnamen hatte; Carena einen schönen Nachnamen und einen wundervollen Spitznamen. Wenn ich allein war, murmelte ich lange vor mich hin: »Dimma, Dimma, Gipy, Gipy«; doch in der Klasse hätte ich nicht gewagt, sie mit den Vornamen anzureden. Chirone und Carena waren dort in der Klasse wie Sonne und Mond, umgeben von einigen Satelliten. Ich war in Wirklichkeit kein Satellit. Ich war nichts. Ich gehörte zu den fünf oder sechs stillsten und schüchternsten, uneins und verstreut, eine Art Lumpenproletariat, sogar unfähig, sich zu einer festen und starken Gruppe zusammenzuschließen.

Die einzigen Beziehungen, die ich je zu Chirone und Carena gepflegt hatte, betrafen die Gymnastik. Da sie auch in Gymnastik die besten waren, hatte die Lehrerin zu ihnen gesagt, sie sollten mir und zwei oder drei anderen die Übungen mit den Keulen beibringen, weil wir sie immer falsch machten. So fand ich mich eines Tages im Turnhof wieder, um vor Chirone und Carena jene verhaßten Übungen zu proben und mit ihnen die verhaßten Worte »Wirbel, wirbel, Kreis, vier« zu singen. Mit vor Dankbarkeit ob ihrer unermeßlichen Güte zusammengezogenem Herzen spürte ich ihre Hände auf meinem Ellbogen, während sie meine falschen Bewegungen korrigierten. Als das vorbei war, versank ich für Chirone und Carena wieder im Nebel der Gleichgültigkeit. Die beiden waren Freundinnen, unzertrennliche Freundinnen; triumphierend und strahlend kamen sie zur Schule, gaben ihre in einer wundervollen, fast identischen Schrift geschriebenen Hausaufgaben ab – chirone schrieb ein wenig größer und breiter, Carena ein wenig spitzer und enger –, scherzten vertraulich mit dem Professor und regierten über ihre Satelliten. Sie waren wie Sonne und Mond.

Unser Professor hatte einen grauen Ziegenbart. Er wurde geliebt, verehrt und gefürchtet. Seine Scherzworte und sein Lob erschienen uns wie kostbare Geschenke. Gelegentlich kam es jedoch vor, daß er unbändig in Zorn geriet. Er brüllte: »Hunde- und mögen die Hunde mir verzeihen.« Still und zerknirscht warteten wir, bis der Sturm sich legte.

Schrieb jemand einen guten Aufsatz, wurde er ans Pult gerufen, um ihn laut vorzulesen: Und das war in jenen ersten Jahre meine einzige Freude in der Schule, denn das einzige, was ich konnte, war schreiben, in allen übrigen Fächern war ich nichts wert. Ich wurde einige Male aufgerufen, um meine Aufsätze laut vorzulesen.

Wir waren viele Mädchen in jener Klasse. Buben gab es nicht mehr als vier oder fünf, die alle in einer Reihe saßen, weshalb darin viele Bänke leer blieben. Lucio saß in der ersten Bank: Er hatte schwarze, mit Brillantine geglättete Haare, trug Knickerbocker, karierte Kniestrümpfe und das, was er »meinen *Sueter*« nannte und was doch bloß eine einfache Strickjacke war.

Meine Schulkameradinnen sprachen untereinander von Jungen; aber nicht von denen aus unserer Klasse, die ihnen noch klein zu sein schienen; von Jungen aus höheren Klassen oder von Jungen, die sie in der Sommerfrische getroffen hatten, oder auch von Jungen oder Männern, die sie in der Straßenbahn oder zu Hause vom Balkon aus sahen und die »sich nach ihnen umdrehten«.

In der zweiten Klasse Gymnasium hatte ich die Traurigkeit entdeckt und begann, mich in einem Schwall trauriger Gedichte zu wiegen. Traurige Gedichte zu lesen oder zu schreiben oder vor mich hinzuflüstern, meine und die der anderen, oder meine in Schönschrift in ein Heft zu übertragen, schien mir die einzig mögliche Weise zu sein, auf die man sich zwar nicht von der Melancholie befreien, sie aber anwenden konnte. In meinen Gedichten sprach ich von zerrissenen Briefen und gestorbenen Liebesgefühlen. In Wirklichkeit war meine einzige gestorbene Liebe die zu Lucio, der mir, da er Schreiben haßte, nie in seinem Leben einen Brief geschrieben hatte.

Wenn ich mir eine Liebesgeschichte ausmalen wollte, sah ich nicht mehr Lucio vor mir, sondern eine hohe Gestalt in echten Männerkleidern, mit Schlips und Jackett; ein blasses, ironisches Gesicht, ein frisierter Kopf, aber ohne Brillantine; einer, dem ich noch nie begegnet war, so schön, vollkommen und blaß, nirgends; einer, der nichts mit Lucio gemein hatte außer der Gleichgültigkeit. Mir war, als läge das Faszinierende an einem Mann in seiner Gleichgültigkeit; zu der sich jedoch die Ironie gesellen mußte, die hohe Gestalt, breite Schultern, viele schweigend gerauchte Zigaretten, ein spöttischer, geheimnisvoller Kopf.

In der Bank vor mir saßen zwei Mädchen, die Bianca und Rosabianca hießen; ich nannte sie in mir immer beim Vornamen, da ich hörte, wie sie sich untereinander so nannten. Sie waren eng befreundet; auf alle anderen schienen sie zu pfeifen, auf Chirone und Carena und die verschiedenen Satelliten. Bianca war klein, hatte ein rundes Gesicht und zwei lange kastanienbraune Zöpfe; und manchmal, wenn der Professor etwas erklärte, hob sie die Hand und sagte mit näselnder Stimme: »Ich habe nicht verstanden«, was ich äußerst irritierend fand. Rosabianca war groß, schüchtern, trug etwas zu lange Faltenröcke und hatte Mandelaugen und ein Profil wie die Ägypter auf den Abbildungen in unserem Geschichtsbuch; ihre Haare waren schwarz, zum Bubikopf geschnitten. Da meine Mutter ihre Mutter kannte, schien es mir, als hätte ich ein Anrecht auf ihre Freundschaft und folglich auch auf die Freundschaft der anderen mit den Zöpfen: Sie dagegen machten nicht den Eindruck, als wollten sie mit mir Freundschaft schließen. Ich bemerkte sogar, da sie sich über mich lustig machten. Von meiner Bank aus sah ich eines Tages, daß Rosabianca einen Esel gemalt hatte, und darunter hatte sie geschrieben: »Dieser Esel von …« Das zeigte sie ihrer Freundin, und die schrieb an die Stelle, wo die Pünktchen waren, ein Wort, das wie mein Nachname aussah.

Von tiefem Gram erfüllt, fragte ich mich, warum in aller Welt ich für sie ein Esel war. Ich fühlte mich allerdings von Kopf bis Fuß wie ein Esel. Einen Augenblick lang dachte ich, sie wollten wohl auf meine schlechten Noten anspielen; doch das war unmöglich, weil sie beide genauso schlechte oder noch schlechtere hatten. In der Pause fing ich an sie zu fragen, ob ich der Esel auf dem Bild wäre und warum. Sie gaben mir keine Antwort; sie sahen sich an und lachten. Erstickten ihr großes Gelächter im Taschentuch. Ich hatte ihrem Gelächter nichts entgegenzusetzen als meinen unermeßlichen Ernst: schwer wie Blei, fragend, bekümmert und lächerlich. Mir war, als würde ich nie mehr lachen können.

Ich beneidete sie glühend um ihre Freundschaft. Zugleich mit der Melancholie war auch der Neid in mir zum Vorschein gekommen; auf alle war ich neidisch. Die einzigen Menschen, die ich nicht beneidete, waren meine Eltern: Denn sie gefielen mir wenig, genausowenig, wie ich mir selbst gefiel. Sie wohnten mit mir in unserem schäbigen Haus; sie tauschten Sätze, die ich auswendig kannte. Sie waren ein Teil dessen, was mir am hassenswertesten und ödesten auf der Welt erschien, das heißt, meiner selbst; und dennoch verstanden sie nichts davon, tauschten weiterhin, über Dinge von keinerlei Bedeutung, Worte aus, die mir von abstoßender Belanglosigkeit zu sein schienen.

Gleichwohl kam mir die Melancholie nicht wie eine erbärmliche oder gemeine Stimmung vor; die Stiche des Neides dagegen erschienen mir verunstaltend, weshalb ich mich beeilte, sie in den grenzenlosen Himmel der Melancholie zu integrieren.

Eines Tages nahm ich, um Rosabianca zu gleichen, die Schere und schnitt mir die Haare zum Bubikopf. Damit mein Vater es nicht bemerkte, wickelte mir meine Mutter einen Schal um den Kopf und sagte ihm, ich hätte einen steifen Hals. Dann brachte sie mich zum Friseur und ließ meine zerrupften Haare zurechtstutzen. Doch als mein Vater mich ohne Schal sah, wurde er trotzdem wütend. Er haßte kurze Haare, gleich, ob sie gut oder schlecht geschnitten waren.

Rosabianca hatte häufig Grippe und blieb lange der Schule fern. Ich beneidete sie. Von zarter Gesundheit zu sein und häufig krank zu werden, war der Traum meines Lebens; sowohl, weil Fieber zu haben bedeutete, nicht in die Schule zu gehen, als auch, weil eine zarte Gesundheit mir wie etwas Poetisches, Verführerisches und Reizendes vorkam.

Morgens, wenn ich zur Schule ging, versuchte ich, die neblige Luft tief einzuatmen, in der Hoffnung, daß ich Halsweh bekäme. Ich bemerkte jedoch, daß es für mich überaus schwierig war, krank zu werden. Es gelang mir, im Winter eine oder zwei kleine Grippen zu bekommen: Aber das Fieber dauerte bei mir nur einen Tag; am nächsten Tag hatte ich nichts mehr. Ich mußte wieder zur Schule, und die alte Qual begann von vorn: die neblige Straße, die Klasse, die Angst, die rot und blau angestrichenen Hausaufgaben, das Pult, der Ziegenbart. Ich träumte von einer Lungenentzündung. Und ich sagte mir, wie tief ich gefallen war, wie übel mein Leben zugerichtet war: wenn das einzige, was ich mir wünschen konnte, die Verschnaufpause einer Krankheit war.

Ich hatte zwei bittere Tage in der Woche, an denen ich nachmittags in die Schule zurückmußte zum Gymnastikunterricht; die übrigen Nachmittage aber verbrachte ich zu Hause. Meine Mutter schlug mir vor, auszugehen, doch ich sagte, ich müsse lernen: Ich legte alle meine Schulbücher aufgeklappt auf den Tisch und hatte so den Eindruck, ich würde lernen, aber in Wirklichkeit schrieb ich Gedichte; oder ich durchstreifte das Haus auf der Jagd nach Büchern. Ich suchte traurige Gedichte, denn die Gedichte in meiner Schulanthologie erschienen mir nicht traurig genug: Außerdem waren sie nicht modern, enthielten Wörter des neunzehnten Jahrhunderts, die mir wenig gefielen, und handelten vom Vaterland. Ich machte Jagd auf Gedichte, die nicht vom Vaterland handelten. In einem Schrank fand ich unter den Bergstrümpfen versteckt *Cléo robe et manteau*, einen Roman von Guido da Verona, den mein Vater als sehr unanständig bezeichnet hatte. Er hatte meiner Mutter befohlen, ihn verschwinden zu lassen, und sie hatte ihn versteckt: Aber nicht besonders gut, denn ich fand ihn ohne große Mühe. Ich verstand nichts davon; ich war jedoch stolz, einen Roman gelesen zu haben, den mein Vater für unanständig hielt. Da all die Romane in den Regalen nicht für Kinder waren, dachte ich, denn sonst hätte meine Mutter sie mir zu lesen gegeben, sagte ich mir, daß sie alle unanständig sein mußten, und zerbrach mir beim Lesen den Kopf, um geheimnisvolle Anspielungen zu finden; und da sich in meinem wirren Kopf die Geheimnisse der Erwachsenen mit der Traurigkeit paarten und vermischten, erschienen mir all jene Bücher, von denen ich wenig verstand, traurig: Ich badete in ihrer Melancholie.

Einige Jahre zuvor hatte ich einen Band mit Gedichten von Annie Vivanti gefunden; und da eines davon mit dem

Titel *Cocotte* überschrieben war, hatte ich meine Mutter gefragt, was jenes seltsame Wort bedeuten sollte. Meine Mutter hatte mir geantwortet, eine Cocotte sei »eine liederliche Frau, die Geschenke von Männern annimmt«. Ich verstand nicht, was schlecht daran sein sollte, Geschenke anzunehmen; meine Mutter hatte hinzugefügt »und auch Geld«, aber ich verstand trotzdem nicht, was daran schlecht sein sollte. Dies gehörte jedoch nun der Vergangenheit an; indessen hatte ich die Vorstellung, daß hinter dem Wort »Cocotte« Ströme seltsamer und geheimer Handlungen dahinflössen. Das Wort »Cocotte« war für mich überholt. In meinem Wörterbuch der italienischen Sprache suchte ich zwanzigmal am Tag das Wort »Dirne«, neben dem »Freudenmädchen« stand, eine Erklärung, die mir knapp und sibyllinisch vorkam. Das Wort, das ich am meisten liebte, nämlich das Wort »Hure«, und das ich irgendwo gehört oder gelesen hatte, stand nicht in meinem Wörterbuch; ich hoffte immer, es würde in den Romanen vorkommen, die ich heimlich las: Und wenn ich es fand, hatte ich das Gefühl, in einem Wald einen Steinpilz gefunden zu haben.

Wenn meine Mutter heimkam, saß ich wieder am Tisch in meinem Zimmer. Sie warf einen wohlwollenden, zerstreuten Blick auf meine Hausaufgaben: Sie fand mich lernwillig und gab vor allem anderen gegenüber damit an, daß ich »gut in Italienisch« sei; undeutlich wußte sie auch, daß ich Gedichte schrieb.

Eines Tages hörte ich, wie meine Mutter zu meinem Bruder sagte: »Was für ein jüdisches Pathos bei der Kleinen zum Vorschein gekommen ist.« Diese Worte erschienen mir, wie immer bei den Worten meiner Mutter, gänzlich unpassend: Doch sie erfüllten mich auch mit Erleichterung. Die Stimme meiner Mutter übte stets eine zugleich irritierende und beruhigende Wirkung auf mich aus: ganz gleich, ob ich sie beim Dienstmädchen das Mittagessen bestellen hörte, ob ich sie mit meinen Brüdern sprechen oder am Telefon mit ihren Freundinnen reden hörte. In den Worten »jüdisches Pathos« erkannte ich sogleich meine Traurigkeit: Und ich dachte, wenn meine Mutter ganz ruhig mit lauter Stimme davon sprach, bedeutete das vielleicht, daß es sich nicht um eine seltsame Krankheit handelte, die meinen Geist befallen hatte, sondern um eine eher leichte, verbreitete und gewöhnliche Sache. Wie meine Mutter das, was sie mein jüdisches Pathos nannte, bemerken konnte, weiß ich nicht. Ich glaubte, ich hielte meine große Traurigkeit vor allen verborgen; zu Hause war mein übliches Verhalten Hochmut und Verachtung. In der Schule, denke ich, wirkte ich wie ein geprügelter Hund; gewiß nicht wie einer jener bissigen Hunde, auf die mein Professor anzuspielen und bei denen er sich zugleich zu entschuldigen pflegte, wenn er wütend wurde.

Eines Tages lud Rosabianca mich zu sich nach Hause ein. Meine Mutter und ihre Mutter hatten sich getroffen und beschlossen, daß wir uns manchmal sehen sollten. Bianca war auch eingeladen, aber sie kam nicht. Wir waren beide sehr schüchtern, Rosabianca und ich: Und mich bedrückte zudem noch der Gedanke, daß sie mich einfach nur eingeladen hatte, weil ihre Mutter es wollte. Anfangs schwiegen wir lange. Doch mein Wunsch, ihr zu gefallen, war so stark, daß ich zu sprechen begann, und auch sie sprach.

Ich entdeckte, daß sie und ihre Freundin Bianca, so wie ich, Chirone und Carena gegenüber den großen Wunsch hegten, ihre Freundinnen zu werden, aber das Gefühl hatten, daß das für immer unmöglich sei. Wir sprachen lange über Chirone, die alles hatte, goldblonde Haare, einen rosigen Teint, eine glockenreine Stimme und immer die besten Noten bekam; und über Carena, die immer die besten Noten bekam und alles hatte, einen schönen Spitznamen, eine schmale Taille und eine reizende, kecke Geste, mit der sie die Haare zurückwarf; und als ich bemerkte, daß auch Rosabianca genau wie ich vor Neid verging, dachte ich, daß der Neid in ihr nicht entstellend wirkte, sondern unschuldig und pathetisch, und daß er daher auch in mir unschuldig und pathetisch sein konnte.

Ich bat sie, mir das Bild von dem Esel damals zu erklären. Seither war viel Zeit vergangen, etwa ein Jahr; doch die Erinnerung daran brannte noch in mir. Sie sagte mir, sie und Bianca fanden, ich sei ein Esel, weil sie dachten, ich wisse nicht, wie die Kinder geboren wurden. Ich war verblüfft. Ich sagte ihr, daß ich seit unendlich langer Zeit wisse, wie die Kinder geboren würden, da es mir ein Mädchen erklärt hatte, mit der ich in der Sommerfrische spielte; und ich sagte ihr, daß ich *Cléo robe et manteau* gelesen hatte, einen Roman, von dem ich wenig verstanden hatte und in dem, so schien es mir, über das Geborenwerden der Kinder nichts Erleuchtendes stand; er mußte jedoch gleichwohl sehr unanständig sein; und ich sagte ihr, daß ich noch viele, viele andere Romane gelesen hatte, von denen mein Vater behauptete, sie seien unanständig.

Ich fragte sie, wieso sie und ihre Freundin Bianca sich denn diese Idee über mich in den Kopf gesetzt hätten. Sie konnte es mir nicht erklären. Da dachte ich, wie ein so großer Kummer, über den ich mich lange geärgert hatte und der mich noch immer verletzte, aus dem Nichts entstanden und auf nichts gegründet und dennoch unzerstörbar war: Denn die Empfindung, für sie ein Esel zu sein, blieb wie mit unauslöschbarer Tinte aufgedruckt an mir hängen.

Ich beneidete sie um ihr Haus, das einen Garten hatte, Rosen und einen Speiseaufzug; und um ihr Zimmer, an dessen Wänden geblümte Tapeten klebten und wo eine Schreibmaschine stand, alt und kaputt, aber ihre; und um ihre Brüder, einen großen und einen kleinen, die beide einen Bürstenschnitt hatten. Ich hatte selbst Brüder, aber sie waren anders; sie waren groß und alle von zu Hause weggegangen, außer dem Jüngsten: Und der war kaum zu Hause. Ich hätte lieber die Brüder gehabt, die sie hatte.

Ich schlug ihr vor, auf jener Schreibmaschine ein Gedicht zu schreiben. Es fiel mir jedoch nichts ein. Ich diktierte ihr folgenden Vers: »La luna pallida si leva a notte« – »Blaß steigt der Mond bei Nacht empor« –, aber das war eine Beobachtung, die uns beiden nicht sonderlich neu vorkam. Dennoch schrieb sie langsam »la luna pallidassi leva«, dann waren wir plötzlich der Gedichte müde; und ihr größerer Bruder, der im Regencape ins Zimmer gestürzt kam, las laut »Luna pallidassi«, grinste hämisch und ging fort; viele Jahre später erinnerte er sich immer noch an »Luna pallidassi«, als ich ihn nach dem Krieg in einem anderen Lebensalter wiedersah.

In einer Gedichtsammlung hatte ich zwei Verse gefunden, die ich über alles liebte:

O Jahre, o meine jungen Jahre,
Wohin seid ihr entflohn im goldnen Wagen?

Es war das, was ich auch dachte: Der goldene Wagen meiner jungen Jahre, wohin war er entflohen?

Es kam mir so vor, als sei meine Kindheit wundervoll gewesen. Danach war mein Leben in einen Strudel von Melancholie gestürzt. Was mich zur Verzweiflung brachte, war, daß ich kein anderer Mensch werden konnte: Ich war ich, und ich war mir verhaßt und hatte keine Möglichkeit, mich von jenem verhaßten Wesen zu trennen. Bis zum Tod war ich an jenes verhaßte, schwerfällige und melancholische Wesen gebunden.

Ich fand mein Zuhause sehr trist. Ich hatte Sehnsucht nach der Zeit, als auch meine Geschwister noch dort lebten. Ihre leeren Zimmer lagen nebeneinander am Flur. Ich ging in ihre Zimmer, um Romane zu suchen. Ich öffnete auch ihre Tischschubladen und las ihre Liebesbriefe, die sie darin liegengelassen hatten.

Ich schrieb ein Gedicht für meine Brüder. Es ging so:

O meine Brüder, meine süßen Brüder,
Seid ihr so weit fort,
Daß ihr nicht mein vergebliches Schluchzen hört,
Und meine Stimme, Brüder?

In Wirklichkeit kamen meine Brüder fast jeden Samstag heim. Ich schluchzte weder, wenn sie ankamen, noch, wenn sie wieder abfuhren. Sie waren auch an solchen Samstagen immer sehr damit beschäftigt, zu telefonieren, sich zu verabreden, zu baden und mit meiner Mutter zu schimpfen wegen ihrer Hemden und Schlafanzüge, die nicht gebügelt worden waren.

In dem Gedicht für meine Brüder klang, so schien mir, ein Echo des goldenen Wagens an. Kaum las ich ein Gedicht, das mir gefiel, bekam ich Lust, ein beinahe gleiches zu schreiben.

Ich hatte das undeutliche Gefühl, daß nicht eines meiner Gedichte wirklich ganz meines war, sondern daß alle ein wenig bei den Gedichten anderer abgeschrieben worden waren.

Ich fand, daß es bei uns zu Hause wenige Gedichtbücher gab, und im Grund genommen auch wenige Romane. Die Regale waren voll, aber die allermeisten waren die Bücher meines Vaters, das heißt, Histologisch Biologie- und Medizinbücher. Ich fühlte mich wie im Exil in jenem Haus, so arm an Gedichten und Romanen. Darüber hinaus nahm jener Bruder von mir, der noch zu Hause wohnte, oder vielmehr dort schlief, aber nur sehr selten auftauchte, bei seinen flüchtigen Erscheinungen Romane aus den Regalen und verkaufte sie, da er immer in Geldnot war. Ich verzweifelte wegen all jener Romane, die von einem Tag zum anderen verschwanden, und konnte mich nicht einmal bei meiner Mutter beklagen, weil es sich um Romane handelte, die ich heimlich las.

Ich pflegte mein Heft mit Versen in die Schule mitzunehmen, um es ab und zu herauszuziehen und durchzublättern. Ich hatte es Bianca und Rosabianca zu lesen gegeben; und Bianca wurde sogar davon angesteckt, denn das Gedichtemachen war, wie ich schon bemerkt hatte, so leicht übertragbar und ansteckend wie Husten.

Bianca kaufte sich ein Heft, das genauso war wie meines. Sie lernte es sofort, Gedichte zu machen. Ihre Gedichte erfüllten mich mit Neid. Sie schienen mir besser zu sein als meine. Sie schrieb, wie ich, ein Gedicht pro Tag.

Bianca fuhr jedes Jahr in die Ferien ans Meer, in ein Dorf, das Laigueglia hieß. Dort amüsierte sie sich sehr gut. Meine Ferien dagegen waren immer sehr langweilig. Wir fuhren ins Gebirge.

Als ich klein war, gefiel es mir, in die Sommerfrische zu fahren. Ich amüsierte mich. Ich suchte Frösche in den Bächen. Jetzt stand ich hinter einer Scheibe und sah zu, wie es regnete, oder ich mußte, überaus gelangweilt, meinem Vater und meiner Mutter folgen, wenn sie zum Einkaufen ins Dorf gingen. Ich dachte, daß Leute, die mich sahen, auch denken könnten, ich sei ein Einzelkind; und die Vorstellung, sie könnten glauben, ich habe gar keine Geschwister und sei die einzige Tochter, erschien mir, ich weiß nicht warum, beschämend.

Chirone und Carena verbrachten die Ferien in wunderbaren Badeorten und tanzten abends in den Lokalen am Meer. Im Herbst kehrten sie mit vielen Schlagern in die Schule zurück; und mit vielen Geheimnissen, die sie ihren Satelliten mit viel im Taschentuch erstickten Gelächter zuflüsterten.

Bianca hatte in Laigueglia einen Jungen kennengelernt, der auf unsere Schule ging, eine Klasse höher. Sie war in ihn verliebt und begann, Gedichte für ihn zu schreiben. Sie sah ihn, wenn sie zum Schlittschuhlaufen ging. Sie und Rosabianca gingen beide zum Schlittschuhlaufen und forderten mich auf, auch mitzukommen: Ich ging ein oder zwei Mal mit, aber es gelang mir nicht, Schlittschuhlaufen zu lernen; todunglücklich klammerte ich mich die ganze Zeit an den Maschendraht, mit dem die Schlittschuhbahn eingezäunt war.

Bianca hatte auf einmal den Eindruck, daß jener Junge sie weniger häufig ansah und oft engumschlungen mit einem sehr schönen Mädchen schlittschuhlief. Da schrieb sie folgendes Gedicht:

Er liebte mich und liebt mich nicht mehr,
Welch einfacher kleiner Ruck,
Doch gibt es immer noch Rosen,
Doch gibt es immer noch Kautschuk.

Ich fragte sie, warum Kautschuk. Sie wußte es nicht. Es war der einzige Reim, den sie gefunden hatte. Schließlich änderte sie den letzten Vers. Sie schrieb:

Doch gibt es immer noch Rosen,
Alles ist, wie es immer gewesen.

Ich hatte jedoch den Eindruck, als gliche das Gedicht, durch diese Veränderung, nun unendlich vielen anderen, die es schon gab. Während es mit dem Kautschuk anders war als alle.

Ein Mädchen, das aus einer anderen Schule kam, wurde neben mich in die Bank gesetzt. Sie war rundlich und still und verhielt sich mir gegenüber zärtlich und mütterlich. Sie bot mir ihre Aufgaben zum Abschreiben an, und ich hörte erst auf, sie abzuschreiben, nachdem ich entdeckte, daß sie voller Fehler waren.

Als sie mein Heft mit den Gedichten auf der Bank liegen sah, fragte sie, ob sie sie lesen dürfe. Dann fragte sie, ob sie sie mit heimnehmen dürfe. Ein Dichter namens Ignazio Casali komme jeden Abend zu ihr nach Hause. Sie würde ihn die Gedichte lesen lassen und ihn um sein Urteil bitten. Außer mir vor Aufregung gab ich ihr mein Heft. Es war davon die Rede, dem Dichter auch Biancas Heft zukommen zu lassen. Das Mädchen sagte allerdings, es sei besser, ihm eins nach dem anderen vorzulegen.

Ich kannte keinen Dichter. Zu mir nach Hause kamen

keine Dichter. Es kamen Biologen oder Mediziner oder Physiker oder Ingenieure: Freunde meiner Brüder oder meines Vaters. Aber Dichter nie.

Die Biologen sprachen mit meinem Vater über Hühnerembryonen, über Gewebezellen. Die Ingenieure waren nicht viel amüsanter. Dann sprachen sie alle endlos über Politik. Mein Vater und meine Mutter, so schien mir, wiederholten in der Politik immer dasselbe. Ich fand es bei uns zu Hause todlangweilig.

Ich verspürte den glühenden Wunsch, einen Dichter kennenzulernen, ihn vielleicht zu lieben und dann zu heiraten. Jenen Dichter, Ignazio Casali, konnte ich jedoch weder lieben noch heiraten, da er, soweit ich verstanden hatte, mit einer Schwester jener still und mütterlich aussehenden Schulkameradin von mir verlobt war.

Einige Tage lang wartete ich beklommen auf Ignazio Casalis Urteil. Doch er hatte noch keine Zeit gehabt, mein Heft zu lesen. Was zum Teufel er beruflich machte und wie er seine Zeit verbrachte, außer mit Gedichteschreiben und abendlichen Besuchen bei jener Klassenkameradin von mir, welche Art von Gesicht er hatte, das wußte ich nicht und erfuhr es auch nie. Ich wagte nicht, danach zu fragen.

Eines Morgens brachte mir meine Klassenkameradin das Heft schließlich zurück und gab mir einen vierfach gefalteten rosa Zettel in die Hand. Ich las ihn. Darauf stand: »Eine Sensibilität, die nicht den formalen Geschmack der äußerlichen Dinge sucht, sondern ihn schon im eigenen Ausdruck vollendet findet.«

Diese Worte erschienen mir sibyllinisch: Doch wieviel Honig gossen sie über mir aus. Wieder und wieder sagte ich sie innerlich vor mich hin, unzählige Male, um ihre Süße zu kosten und ihren Sinn zu verstehen. Meine Schulkameradin sagte zu mir, wenn ich wolle, könne ich zu ihr nach Hause kommen, um Ignazio Casali kennenzulernen; er komme allerdings erst abends nach dem Abendessen; ob meine Eltern mir erlauben würden, nach dem Abendessen noch auszugehen?

Ich verlor jede Hoffnung, Ignazio Casali je zu begegnen. Nicht im Traum würde es meinem Vater einfallen, mich abends ausgehen zu lassen. Nie in meinem Leben war ich nach dem Abendessen ausgegangen. Davon, daß ich ihn zu mir nach Hause einlade, konnte keine Rede sein. Wenn ich es gewagt hätte, einen Fremden einzuladen, hätte mein Vater das Haus zum Einstürzen gebracht. Ich konnte niemanden einladen außer kleinen Mädchen. Ich konnte keine Männer einladen.

Ich nahm den rosa Zettel und legte ihn in meine Schublade, in einer geblümten Seidenschachtel. Wenn Bianca nachmittags zu mir kam, lasen wir zusammen immer wieder jene rätselhaften und entzückenden Worte. Ich sagte ihr, daß ich allerdings dachte, daß ich jene Worte nicht verdiente, was sie auch bedeuten mochten. Ich sagte ihr, daß meine Gedichte nichts wert seien. Sie sagte, daß ihre nichts wert seien. Ignazio Casali ihr Heft zukommen zu lassen, war nicht möglich, weil jenes kleine Mädchen mit dem mütterlichen Ausdruck an Rheuma litt und nach der Hälfte des Jahres aus der Schule genommen wurde. Danach hörten wir nie mehr von ihr.

Verächtlich bot ich meiner Mutter die Stirn zum Gutenachtkuß. Ich dachte, daß sie nichts von mir wußte. Sie wußte nicht, daß ich »nicht den formalen Geschmack der äußerlichen Dinge suchte, sondern ihn schon in meinem eigenen Ausdruck vollendet fand«.

Ich ließ einen meiner Brüder jenes Urteil lesen. Ich erhoffte mir von ihm eine Erklärung. Er gab mir keinerlei Erklärung. Er fing an zu lachen und sagte, es sei ein Glück, daß jener Dichter mich nicht gesehen habe, denn meine Nase hätte ihm bestimmt gar nicht gefallen.

Jener Bruder von mir pflegte mich wegen meiner großen Nase aufzuziehen. Um sie kleiner erscheinen zu lassen und ihre Sommersprossen zu verdecken, stäubte ich sie mit Talkumpuder ein. Richtigen Puder besaß ich nicht. Schließlich schenkte meine Schwester mir ein Puderdöschen mit Spiegel. In jenem winzigen Spiegel betrachtete ich meine Nase und puderte sie alle halbe Stunde. Sonst fand mein Herz keine Ruhe. Bianca machte es mit ihrer Nase auch so.

Rosabianca wurde plötzlich sehr schön, sehr groß und sehr elegant. Sie hatte einen mit weißem Lammfell gefütterten Mantel. Sie trug jetzt so schöne Kleider, daß sogar Chirone und Carena sie anschauen kamen. Sie hatte jetzt die schönsten Kleider von allen. Ich beneidete sie so sehr, daß mein Neid beinahe Verehrung war. Sie blieb oft lange der Schule fern. Sie sagte, daß ihre Eltern sie vielleicht aus der Schule nehmen und zu Hause von Privatlehrern unterrichten lassen würden. Eines Tages gab sie bei sich ein Fest und lud die ganze Klasse dazu ein. Es kam mir so vor, als hätte sie aufgehört, schüchtern zu sein. Dann erkrankte sie an Lungenentzündung. Man hörte von ihrem Fieber, es war eine sehr schwere Lungenentzündung. Dann wurde sie zur Rekonvaleszenz nach Mentone gebracht. Die Gründe für meinen Neid vervielfachten sich und peinigten mich. Ihr Bruder mit dem Regencape, der in die erste Klasse des Lyzeums ging, wurde wegen Antifaschismus verhaftet. Meine Brüder dagegen waren noch nie festgenommen worden. Sowie er wieder freikam, übersiedelte die Familie nach Paris. Rosabianca fuhr direkt von Mentone nach Paris, und ich sah sie nie wieder. Aus Mentone hatte sie mir einen kleinen Brief geschrieben, in dem sie mir von ihrer Lungenentzündung erzählte. Viele Jahre lang bewahrte ich ihren Brief in der geblümten Schachtel auf, mit Ignazio Casalis Urteil. Sie und Bianca schrieben sich auch weiterhin. Bianca war ihre liebste Freundin geblieben.

Rosabianca pflegte mich mit Ignazio Casali aufzuziehen. Sie sagte, er sei mein zukünftiger Verlobter. Sie nannte ihn den »*Poveten*«, um ihn zu hänseln und mich mit ihm zu hänseln. Wenn ich mich an sie erinnern wollte, sagte ich leise »der *Povet*«, und schon sah ich sie vor mir, mit ihren etwas zu langen Röcken, den Mandelaugen, den weißen Zähnen. Sie trug immer ein wenig zu lange Röcke, auch als sie so elegant geworden war.

Chirone wurde meine liebste Freundin. Wie es geschah, weiß ich nicht. Wir gingen zusammen in die Schule, da wir nahe beieinander wohnten. Wir wurden Freundinnen, indem wir jeden Tag das kurze Stück Weg gemeinsam zurücklegten.

Nachmittags kam sie zu mir. Wir schrieben zusammen ein Gedicht. Es begann folgendermaßen:

Schnee und Wind würde ich trotzen,
Um dich vorbeirauschen zu sehen.

Wir hatten es für einen Jungen aus dem Lyzeum geschrieben, der ihr schön erschien. Mir gefiel er nicht. Es kam mir vor, als wäre es mir unmöglich, mich in jemanden zu verlieben, den ich in jener Schule oder darum herum sah. Es kam mir vor, als besudelte jene Schule alle, machte sie kindisch und langweilig. Die Männer, die ich lieben konnte, waren anderswo. Wo sie waren, wußte ich nicht. In manchen Augenblicken überkam mich schreckliche Angst, daß es sie nirgends gebe.

Das Wort »vorbeirauschen« gefiel mir nicht. Aber Chirone gefiel es, und ich schwieg. Ich war ihr gegenüber feige. Ich erinnerte mich immer daran, daß sie die Klassenbeste war. Ich war die neunzehnte. Es war mir nie gelungen, etwas nach vorn zu rutschen auf der Liste. Im letzten Augenblick, kurz bevor das Trimester zu Ende war, ging mir etwas daneben, und ich purzelte wieder nach hinten.

Damit sie nicht dachte, ich wäre aus Eigennutz mit ihr zusammen, bat ich sie nie darum, mich die Hausaufgaben abschreiben zu lassen. Manchmal schlug sie es mir vor, und ich lehnte ab. Ich vermied es, ihr Fragen zu den Hausaufgaben zu stellen. Ihre Hausaufgaben lagen da, auf meinem Tisch, neben ihrem Schal, in ihrer wunderbaren, steilen, engen Schrift geschrieben, und ich wandte schamhaft den Blick ab. Später dachte ich, wie töricht ich doch gewesen war.

Dennoch erfüllte mich ihre Freundschaft mit Eitelkeit. Ich war unendlich stolz, glücklich und verblüfft darüber. Wenn ich mich an meine ersten Jahre in der Schule erinnerte, wie unerreichbar mir jenes strahlende kleine Mädchen erschienen war, bewunderte ich das Schicksal, das solch seltsame Wunder vollbringen konnte. In der Klasse sprach Chirone kaum mit mir, um Carena nicht eifersüchtig zu machen, die in aller Augen noch immer ihre unzertrennliche Freundin war. Mit mir sprach sie nie von Carena. Sie erwähnte sie fast nie. Für mich war jedoch klar, daß sie mich in der Klasse aus jenem Grund kühl behandelte. So wußte niemand, wie sehr wir beide befreundet waren. Wir sahen uns fast jeden Nachmittag bei mir. Es tat mir leid, daß das niemand wußte, und ich litt unter ihrem kalten Benehmen mir gegenüber in der Klasse; doch in manchen Augenblicken dachte ich, daß dies mein Glück noch kostbarer und noch seltsamer machte.

Ich nannte sie jetzt jedoch immer Dimma, auch in der Klasse. Im übrigen hatten wir inzwischen alle die Gewohnheit angenommen, uns beim Vornamen zu nennen. Gipy, Gipy, Gipy hörte man es immer flüstern, auch aus den fernsten Bänken, wo Mädchen saßen, die mit Carena keinerlei echte Vertraulichkeit pflegten.

Wie Carena von meiner Freundschaft mit Chirone erfahren hat, weiß ich nicht. An einem bestimmten Punkt zeigte sie sich mir gegenüber eisig. Dann kam sie eines Nachmittags zu mir nach Hause, wo Dimma und ich zusammen lernten. Es war das erste Mal, daß wir zusammen lernten. Ich sollte am nächsten Tag drankommen, und sie fragte mich die lateinischen Verben ab. Es war wirklich das erste Mal.

Um mich nicht zu demütigen, gab sie vor, sie auch kaum zu können. Das war so eine Koketterie von ihr, so zu tun, als wisse sie nichts und habe große Angst.

Plötzlich kam Carena. Sie pflegte manchmal ohne Vorankündigung vorbeizuschauen, zerstreut und keck. Sie schien bereit zu sein, mit uns die Verben zu wiederholen. Dann machte sie eine Eifersuchtsszene. Es war eine ironisch angelegte Szene. Beharrlich kehrte darin immer das Wort »vorgezogen« wieder. Ich verstand nicht recht, ob sie mir vorwarf, daß ich ihr Chirone vorgezogen hatte, oder ob sie Chirone vorwarf, daß sie mich ihr vorgezogen hatte. Der schwarze Haarschopf wippte erregt. Der Mund war spöttisch. Ich und Chirone verharrten in vollkommenem Schweigen.

Dann gingen die beiden zusammen fort. Das Wort »vorgezogen« hämmerte mit dumpfem Klang in meinem Herzen. Ich hatte den Eindruck, als sei ein großes Unglück über mich hereingebrochen Chirone würde nicht mehr nachmittags zu mir kommen. Sie würde mich fallenlassen. Unsere Freundschaft war auf zu zufälligen und zerbrechlichen Grundlagen entstanden. Sie konnte nicht meinetwegen ihre unzertrennliche Freundin verlieren. Und ich konnte nicht mit Carena mithalten. Das war unmöglich.

Später saß ich mit meinen Eltern beim Abendessen. Sie waren ruhig und ahnungslos, und meine Mutter fragte mich, ob ich mich gut unterhalten hätte mit meinen Freundinnen. Sie war ihnen im Treppenhaus begegnet. Mein Vater wußte nicht einmal, wer sie waren, Chirone und Carena.

Bianca wurde meine liebste Freundin. Wir entdeckten, daß wir im Grund genommen schon lange Zeit Freundinnen waren. Vielleicht schon immer. Sie sagte mir, daß ich ihr im Grund genommen schon immer sympathisch war – auch als sie meinen Namen unter das Bild mit dem Esel geschrieben hatte. Doch als Rosabianca noch da war, gelang es uns nicht, befreundet zu sein, weil es schwierig war, zu dritt miteinander befreundet zu sein. Dann fühlte sich eine immer vernachlässigt und litt. Genauso, sagte ich zu ihr, wäre es für mich schwierig gewesen, mit Chirone und Carena zusammen gut auszukommen. Außerdem hätte ich das für mich zermürbend gefunden. Wie dauernd zwischen Sonne und Mond zu stehen.

Mit ihr zusammenzusein war nicht mühsam. Ich fand, daß sie mir sehr ähnlich war. Daß sie mir in einigen Dingen überlegen war, wie darin, daß sie tanzen und schlittschuhlaufen konnte, bedrückte mich nicht. Ich beneidete sie darum, aber es war ein schmerzloser Neid. Ich konnte ihr meinen Neid in jedem Augenblick gestehen.

Wir erlebten den großen Genuß, uns ununterbrochen Wahrheiten zu sagen. Ich fragte sie, was sie von meiner Nase hielt. Sie fragte mich, was ich von ihrer hielt.

Ich sagte ihr, daß sie, wenn sie die Hand hob und sagte: »Ich habe nicht verstanden«, höchst irritierend war.

Sie sagte mir, daß ich, wenn ich am Maschendraht festgeklammert auf der Schlittschuhbahn stand, höchst komisch war.

Unsere Klasse sagte weinend dem Lehrer mit dem Ziegenbart Lebewohl. Wir waren nun in der Oberstufe des Gymnasiums, ein Geschoß höher. In der Pause pflegten wir einen Stock die Treppe hinunterzugehen und uns um ihn zu drängen. Dann gaben wir es nach und nach auf. Er konnte uns nicht ewig darüber trösten, daß wir nun einen anderen Lehrer hatten und er eine andere Klasse.

Meine Freundschaft mit Bianca dauerte viele Jahre. In jenen Jahren verbrachten wir lange Stunden zusammen, in denen wir uns unsere Gedichte vorlasen, sie in Schönschrift in unsere Hefte abschrieben und uns gegenseitig unsere überaus unglücklichen Liebesgeschichten anvertrauten.

Die Zeiten, in denen es mich so unglücklich machte, in die Schule zu gehen, schienen mir nun unendlich fern. Jetzt ging ich voll Gleichgültigkeit hin und wieder heim. Ich setzte mich ins Klassenzimmer und dachte an meine eigenen Sachen. Ich lernte sehr wenig dort.

Mein Unglück entstand und wuchs nun anderswo. In der Schule war ich hochmütig geworden wie zu Hause. Ich saß nicht mehr da wie ein geprügelter Hund. Die Furcht, plötzlich wieder zu einem geprügelten Hund zu werden, ließ mich immer hochmütiger auftreten. Ich bemerkte auf einmal, daß jenes hochmütige Auftreten mich auch im Geist hart und hochmütig gemacht hatte. Da erschrak ich.

Ich hörte plötzlich auf, Gedichte zu schreiben. Ich hörte auch auf, Biancas Freundin zu sein. Ich hatte keine Liebesgeschichten mehr, keine Tränen, keine Melancholie, keine Freundschaften. Das Universum kam mir vor wie eine kahle, unfruchtbare Ebene. Auf jener kahlen, unfruchtbaren Ebene blieb ich plötzlich stehen und wartete darauf, daß etwas passierte, daß jene unfruchtbare und unerträgliche Gleichgültigkeit aus meinem Geist verschwände.

Zwei Gefahren drohen dem, der schreibt: die Gefahr, zu gut und zu tolerant mit sich selbst zu sein, und die Gefahr, sich zu verachten. Wenn er sich zu sehr mag, wenn er sich gegenüber allem, was er denkt und schreibt, voll überfließender Sympathie fühlt, dann schreibt er mit einer Leichtigkeit und Flüssigkeit, die ihm verdächtig vorkommen müßten. Er hegt aber keinerlei Verdacht, weil in seinem von einem eitlen Feuer entflammten Geist gar kein Platz mehr ist für einen Verdacht oder ein bedächtiges Urteil, und alles, was er erfindet, denkt und schreibt, erscheint ihm in glückhafter Weise berechtigt, nützlich und für jemanden bestimmt. Wenn er aber beginnt, sich zu hassen, erschlägt er seine Gedanken auf der Stelle, streckt sie mit Gewehrsalven nieder, sowie sie aufstehen und atmen, und häuft rund um sich krampfhaft Gedankenleichen auf, sperrig und schwer wie tote Vögel. Oder er schreibt, da er voller Selbstverachtung, aber auch voll dunkler Hoffnung ist, ein und denselben Satz wieder und wieder oben auf ein Blatt, unzählige Male, im absurden Vertrauen darauf, daß aus jenem bewegungslosen Satz plötzlich, wie durch ein Wunder, Vitalität und Reflexion entspringen.

Deshalb empfindet der, der schreibt, ganz dringend die Notwendigkeit, Gesprächspartner zu haben. Das heißt, drei oder vier Leute auf der Welt zu haben, denen er vorlegen kann, was er schreibt und denkt, um dann darüber zu reden. Es brauchen nicht viele zu sein: Drei oder vier genügen. Das Publikum ist für den, der schreibt, eine Ausdehnung und eine Projektion dieser drei oder vier Personen ins Unbekannte und ins Unendliche.

Diese Personen helfen dem, der schreibt, sowohl dabei,

keine blinde und wahllose Sympathie für sich zu empfinden, als auch dabei, keine tödliche Verachtung für sich zu empfinden. Sie helfen ihm dabei, sich gegen das Gefühl zu wehren, er würde in Einsamkeit und Delirium wirr vor sich hin phantasieren. Sie retten ihn vor den Krankheiten, die wie eine seltsame und bedrückende Vegetation im Schatten seines Geistes sprießen und sich vervielfachen, wenn er allein ist.

Die Wahl der Gesprächspartner ist recht eigenartig, und der, der schreibt, entdeckt dabei keinerlei Ähnlichkeiten zwischen ihnen. Sie scheinen planlos und aufs Geratewohl aus der Anzahl von Menschen herausgefischt zu sein, die er um sich hat. Diese Wahl beruht weder auf Zuneigung noch auf Freundschaft, noch auf Achtung; oder besser gesagt, Zuneigung, Freundschaft und Achtung sind notwendig, genügen aber nicht. Natürlich erwartet man sich vom Schicksal immer, daß es einem neue Gesprächspartner bringt; und wenn man älter wird, erwartet man fast nichts anderes.

Meine Gesprächspartner sind zum gegenwärtigen Zeitpunkt etwa vier; mein Freund C; zwei Freundinnen von mir, L. und A.; mein ältester Sohn. Unter den Personen, die ich häufig sehe, gibt es noch andere, die ich gern als Gesprächspartner nutzen würde; doch da ich manchmal gefürchtet habe, ich könne ihnen zur Last fallen, oder mich das Gefühl gestreift hat, sie hätten keine große Lust, das, was ich geschrieben hatte, zu lesen, habe ich sie als Gesprächspartner fallengelassen. Es ist notwendig, daß uns die Gesprächspartner niemals ablehnen.

Darüber hinaus ist es absolut notwendig, daß die Gesprächspartner uns nicht als Schriftsteller für überflüssig halten. Da unsere Furcht, überflüssig zu sein, oder vielmehr überflüssige Dinge zu schreiben, oft mit subtiler und schmerzlicher Beharrlichkeit in uns nistet, ist es notwendig, daß unsere Gesprächspartner uns vor dieser Furcht beschützen.

Was meinen erstgeborenen Sohn betrifft, so habe ich lange Zeit gedacht, ich könnte ihn nicht als Gesprächspartner brauchen, weil die Kinder sich nicht als Gesprächspartner eignen, da sie sich uns gegenüber stets überkritisch und von erbarmungsloser Strenge zu zeigen pflegen. Geschieht dies nicht, so entsteht das Gegenteil, und das ist noch schlimmer: Es geschieht, daß sie, bewußt oder unbewußt, dazu neigen, einen Mythos aus uns zu machen. Doch irgendwann habe ich entdeckt, daß dieser Sohn auf eine ihm eigene, seltsame Weise ein Gesprächspartner für mich ist. Und zwar so: Ich lege ihm vor, was ich schreibe, er liest es und überhäuft mich sofort mit Beleidigungen und Schmähungen. Das Seltsame ist, daß mich seine Schmähungen keineswegs verletzen, sondern mich zum Lachen bringen. Er muß ebenfalls darüber lachen, hört aber deshalb nicht auf, weiter mit fröhlicher und wüster Überheblichkeit seine Beleidigungen herzusagen. Lachen und Vergnügen sprühen aus seinen kohlschwarzen Augen, seinem schwarzen, struppigen, wilden Kopf. Ich glaube, mich zu beleidigen ist eine der Freuden seines Lebens. Seine Beleidigungen anzuhören ist gewiß eine der Freuden meines Lebens.

Welchen Vorteil ich aus einem solchen Sturm von Beleidigungen ziehe, ist schwer zu sagen. Es handelt sich nicht um Kritiken, sondern um Beleidigungen. Im wesentlichen findet er mich eine süßliche und sentimentale Schriftstellerin. Dies ist allerdings eine sehr gemilderte und abgeschwächte Formel seines Tobens über mein Schreiben. Wie es kommt, daß ich mich nach so vielen Beleidigungen gestärkt und neu belebt und zum Weiterschreiben angeregt fühle, ist mir ein Rätsel. Insgeheim habe ich die Idee, daß ihn das, was ich schreibe, manchmal irgendwie neugierig macht, ihn beschäftigt und ihm nicht gänzlich mißfällt. Er verachtet mich nicht. In seinen Beleidigungen ist die Verachtung völlig abwesend.

Mein Freund C. ist ein Kritiker. Er ist in jeder Hinsicht ein vollkommener Gesprächspartner. In der Tat ist er nicht nur für mich ein Gesprächspartner, sondern auch für verschiedene andere Personen, die schreiben. Als Mensch ist er unruhig und gar nicht geduldig. Doch gegenüber denen, die schreiben, beweist er eine Engelsgeduld. Zudem besitzt er die seltsame Gabe, in seinem Nächsten den Gedanken und den Wunsch zu schreiben anzuregen und zu fordern. Ich werde sagen, daß es vielleicht schon genügt, ihn ins Zimmer kommen zu sehen, um sich vorzunehmen zu schreiben. Man hat immer den Eindruck, daß er uns, kaum zur Türe hinaus, sofort vergessen wird, um seine Aufmerksamkeit anderen Personen und Schriften zu widmen, die ihm begegnen werden. Aber das macht nichts. Irgendwie bleibt er den Freunden treu, denn nach langen Abwesenheiten nimmt er den Dialog wieder auf, als wäre er nie unterbrochen gewesen.

Weder meinem Freund C. noch meinem ältesten Sohn kann ich je meine Komödien zu lesen geben. Mein Sohn pflegt so vernichtende Urteile darüber abzugeben, daß ich, wenn ich auf ihn hörte, alle meine Komödien zerreißen würde. Für meine Komödien hat er keine reihenweisen Beleidigungen übrig. Er tut sie mit zwei Worten ab. Lacht und schüttelt den schwarzen, struppigen Kopf. Sagt, im allgemeinen, es seien Komödien, »bei denen man im Stehen einschläft«. Im übrigen sagt er, daß er das Theater nicht liebt, und daß er, wenn er ins Theater geht, vor Langeweile immer so ein Gefühl von Juckreiz und Schweiß bekommt. Ab und zu ist er auf meine Bitte und aus reiner Güte in die Komödien von mir gegangen, die im Theater aufgeführt wurden, und hat mir gesagt, er habe die ganze Zeit geschwitzt. Was meinen Freund C. angeht, so habe ich ihm gelegentlich Komödien von mir zu lesen gegeben, er hat sie mit heimgenommen und regelmäßig verloren. Ich habe nie genau verstanden, ob er sie vor oder nach dem Lesen verloren hat. Jedenfalls hat er mir nie ein wirkliches Urteil darüber abgegeben, und es ist klar, daß sie ihm entweder keine Neugier einflößten oder ihm nicht gefielen.

Der einzige Gesprächspartner für meine Komödien ist meine Freundin A. Sie hat immer Urteile darüber gefällt, mit denen ich etwas anfangen konnte. Ihren Urteilen habe ich entnommen, daß sie Aufmerksamkeit darauf verwendet hatte. Die Aufmerksamkeit ist eine kostbare Gabe, und es stimmt nicht, daß man sie an jeder Straßenecke finden kann. Ich denke, daß einer, der schreibt, sich nie irrt, was die Aufmerksamkeit seines Nächsten betrifft, das heißt, er weiß sofort, wann der Nächste keine Aufmerksamkeit aufgebracht hat und seine Lektüre schwach, schleichend und zerstreut gewesen ist. An der Aufmerksamkeit unserer Gesprächspartner können wir ein wenig ermessen, ob das, was wir geschrieben haben, etwas Aufmerksamkeit verdienen oder finden wird oder nicht. Der Umstand, daß meine Freundin A. in Sachen Theater keine besondere Kompetenz besitzt und vielleicht eine begrenzte Theaterbildung hat, ist mir gleichgültig. Sie kann vielleicht kein absolutes Urteil über meine Komödien abgeben, aber sie kann mir sagen, welche ihr besser oder schlechter zu sein scheint. Ich denke, daß ich mir über meine Komödien selbst ein absolutes Urteil bilden müßte, und sei es auch grob und rudimentär, in dem Maß, in dem es einem Menschen eben möglich ist, ein Urteil über sich selbst zu fällen. Ein solches absolutes Urteil besitze ich nicht über meine Komödien, und das scheint mir ein schlechtes Zeichen zu sein. Wenn einer beim Schreiben ein Minimum an Reife erlangt hat, muß er wissen, was zum Teufel er geschrieben hat und warum. Dazu braucht er keine Gesprächspartner. Die Gesprächspartner braucht er in dem Augenblick, in dem er schreibt, und gleich danach, wie jemand, der in dem Augenblick, in dem er einen Berg besteigt, einen Schluck Wasser braucht oder eine Hand auf der Schulter, oder jedenfalls das Gefühl, einen lebendigen Schritt oder Atem neben sich zu haben. Von den Gesprächspartnern verlangt man nicht so sehr ein kritisches, klares und nüchternes Urteil als vielmehr eine Art

Anteilnahme, einen Beitrag an Worten und Gedanken zu unserem einsamen Schreiben.

Vor einigen Tagen, als ich vom Land nach Rom zurückkam, hatte ich gerade etwas fertiggeschrieben und wünschte, eine neue Sache zu beginnen. Ich hatte keine Gesprächspartner, und sie fehlten mir. A. war da, aber was ich geschrieben hatte, war keine Komödie, und A. ist mir vor allem für die Komödien recht. Meine Freundin L. war da, stand jedoch vor der Abreise nach Kappadozien. Sie war vollauf mit ihren Reisevorbereitungen beschäftigt, flog mit ihrem Adlerprofil kreuz und quer durch die Stadt. Es gelang mir, sie eine halbe Stunde auf dem Sofa in meiner Wohnung festzunageln und ihr das, was ich geschrieben hatte, zu lesen zu geben. Sie sagte mir einige rasche Worte, die mir sehr kostbar waren. Diese Freundin brauche ich nicht so sehr für Erzählungen oder Komödien, sie ist mir vielmehr dann kostbar, wenn es sich um Reflexionen handelt, weil sie sehr scharfsichtig das Falsche vom Wahren unterscheiden kann. Als sie gegangen war, blieb ich allein mit meinem zweiten Sohn zurück. Er ist gewöhnlich, was mein Schreiben betrifft, kein Gesprächspartner für mich, weil ich immer das Gefühl habe, daß er mich als Schriftstellerin verachtet, daß er mich also im Grunde genommen für nutzlos hält. Ich habe bei ihm immer den Eindruck, daß alles auf dieser Welt, was nicht Mathematik, Ökonomie oder Politik ist, ihm eigentlich sinn- und nutzlos erscheint. Daß er, was mein Schreiben betrifft, kein Gesprächspartner für mich ist, schränkt unsere Beziehungen in keiner Weise ein, da es mir möglich ist, über jede andere Art von Dingen mit ihm zu sprechen. An jenem Abend jedoch fragte er mich, ob er lesen könnte, was ich geschrieben hatte, und ich gab ihm meine Seiten. Er las sie, lachte ein wenig und sagte, das Stück sei »gar nicht schlecht«. Diese seine Worte versetzten mich in große Euphorie. Am nächsten Tag brachte ich hastig einen neuen Aufsatz zu Papier. Er handelte von Klassenprivilegien. Ich hegte sehr viele Zweifel und einige lebhafte Hoffnungen. Als mein Sohn abends zu mir zurückkam, gab ich ihm meine neuen Seiten zu lesen. Er hat mich nie, wie mein anderer Sohn, mit Schmähungen überhäuft, er pflegt in seinen Urteilen über mein Schreiben sehr reserviert und vorsichtig zu sein und äußerst bedacht, mir keine Verletzungen zuzufügen. In der Tat verletzt er mich nicht; aber ich fühle mich, nach seinen Urteilen, fast immer so nutz- und sinnlos wie ein geblümtes Seidenhalstuch.

Er hat sich vor kurzem einen Bart wachsen lassen, und aus der Art, wie er sich den Bart strich, schloß ich, daß ihm das, was er las, überhaupt nicht gefiel. Sein Urteil war sanft, lächelnd und unerbittlich. Er sagte mir, ich habe den Kapitalismus mit der Industriegesellschaft verwechselt. Ich hatte weder bemerkt, daß ich vom Kapitalismus, noch daß ich von Industriegesellschaft gesprochen hatte. Ich war verblüfft.

Ich hatte ihm einige Schlafanzüge und Hemden gekauft. Er sagte, daß er diese Hemden niemals tragen würde, weil sie »gemustert« waren, das heißt, der Stoff hatte ganz feine, eingewebte, durchbrochene Streifen, fast unsichtbar. Mir waren sie nicht aufgefallen, da ich die Hemden abends gekauft hatte. Auch die Schlafanzüge gefielen ihm nicht, denn einer war grün und einer rosa. Er liebt nur blau.

Am nächsten Tag war ich böse auf ihn, sowohl, weil er meinen Artikel gnadenlos niedergemacht hatte, als auch, weil er weggegangen war und auf dem Sofa Hemden und Schlafanzüge liegengelassen hatte, obgleich er mir angekündigt hatte, er würde sie umtauschen. Da er sich recht nachlässig zu kleiden pflegte, dachte ich, hätte niemand je vermuten können, daß er etwas gegen »gemusterte« Hemden habe und einen Stoff vom anderen unterscheiden könne. Ich dachte, daß seine Abneigung gegen »gemusterte« Hemden wohl daher kommen mußte, daß er sie für »frivol« hielt. Ich dachte, daß er über Frivolität und Ernsthaftigkeit, nicht nur in Bezug auf Wäsche und Kleidung, sondern allgemein, falsche Vorstellungen hatte. Allerdings entdeckte ich, als ich einen der Schlafanzüge, die ich ihm gekauft hatte, den rosafarbenen, betrachtete, daß er wirklich von einem recht scheußlichen Weinrosa war. Ich las meinen Aufsatz noch einmal und fand ihn abstoßend. Ein süßlicher Gestank stieg daraus hervor.

Ich verachtete mich so völlig und zutiefst, daß es mir vorkam, als könne ich nie wieder etwas schreiben. Ich hatte meine Beziehungen zur Welt abgebrochen und befand mich auf einer so von Hindernissen verstellten Straße, daß ich nicht wußte, wie ich weitergehen sollte.

Als mein Sohn nach Hause zurückkehrte, sagte ich ihm, daß er recht habe. Ich zeigte ihm meinen Aufsatz, vierfach gefaltet und von einem Gummi zusammengehalten. Ich hatte beschlossen, nicht daran weiterzuarbeiten und ihn in die hinterste Schublade zu legen. Mein Sohn war früh heimgekommen, weil er noch einmal weggehen und den rosafarbenen Schlafanzug umtauschen wollte. Er hatte die Schlafanzüge nicht vergessen. Er ging und kehrte kurz darauf mit einem blauen Schlafanzug zurück.

Ich war ihm dankbar dafür, daß er mir nicht erlaubt hatte, jenem Aufsatz Bedeutung beizumessen, und daß er mir in gewisser Weise, auf sehr sanfte Art, befohlen hatte, ihn beiseite zu legen. Nun mußte ich, langsam und voller Mühe, Haufen toter Gedanken aus meinem Weg räumen.

Porträt eines Schriftstellers

*A*ls Jüngling fühlte der Schrift-
steller sich schuldig, wenn er schrieb. Er wußte nicht
warum. Sehreiben war das, was er sich seit frühester Kindheit wünschte und zu tun vornahm. Er fühlte sich jedoch
schuldig. Undeutlich dachte er, daß er sich hätte bilden
und studieren sollen, um ernstere Dinge zu schreiben. Er
studierte nicht; aber er verbrachte die Zeit damit zu denken, daß er sich bilden sollte. Die Stunden, in denen er
schrieb, kamen ihm vor wie gestohlene Zeit.

Wenn er schrieb, schien es ihm, als müsse er Hals über
Kopf zu einem Schluß kommen. Es war ihm schon mehrfach passiert, das, was er begann, nicht zu beenden; zum
Ende zu kommen war daher sein wesentliches Bestreben.
Dann entkam er vielleicht seinem Schuldgefühl. Er war
wie ein Junge, der Trauben gestohlen hatte. Lästige Gedanken störten ihn in seinem schwindelerregenden Lauf:
Es war, als umsummte ein Wespenschwarm seinen Kopf.
Er mußte seine Trauben zu unbekannten, sehr fernen, geheimnisvollen Menschen bringen. Er dachte, sie seien
ganz anders als er und als alle, mit denen er gewöhnlich
lebte. Er fürchtete sie. Dann fürchtete er, Bergrutsche und
Erdbeben könnten seinen Lauf behindern; er fürchtete, er
würde bei seiner Ankunft niemanden mehr antreffen, da
die Erde explodiert war, auf der sich jene Menschen befanden.

Als er mit Schreiben fertig war, schrieb er viele Jahre
lang nichts mehr. Er hatte die Wege, die zum Schreiben
führten, verloren und vergessen. Seine Hände waren ein-

gerostet und seine Gedanken wirr. Zuweilen erinnerte er sich, in der Unordnung seiner Gedanken, daran, daß er in der Vergangenheit etwas geschrieben hatte; es schien ihm, als sei er seinen alten Vorsätzen untreu geworden. Dann erklärte er sich selbst, daß er die Pflicht habe, noch mehr zu schreiben. Diese Vorstellung projizierte in sein mit anderen Beschäftigungen ausgefülltes Leben ein Schuldgefühl. Er denkt manchmal, daß er die Möglichkeit gefunden hat, sich aus entgegengesetzten Gründen sein ganzes Leben lang schuldig zu fühlen.

Jetzt, da er alt ist, schreibt er sehr langsam. Er hält zehnmal inne, um die Wörter zu drehen und zu wenden. Er ist äußerst geduldig geworden. Ab und zu denkt er, daß er, bevor er stirbt, alles aus sich herausholen muß, was er sagt. Doch regt sich bei dieser Idee kein Fieber in ihm. In manchen Augenblicken kommt es ihm so vor, als habe er nichts mehr zum Herausholen; oder als habe er nur noch sehr komplizierte, verworrene und verdrehte Sachen. Er hat es nie geliebt, sich in Komplikationen zu stürzen. Jetzt allerdings findet sich sein Gedanke manchmal in seltsame Knäuel verstrickt. Langsam versucht er, sie zu entwirren. Seine Langsamkeit und Geduld sind ihm neu und unsympathisch. Es erschien ihm viel schöner, Hals über Kopf wie ein Dieb zu laufen.

Nun denkt er nicht mehr, daß er das, was er schreibt, fernen und geheimnisvollen Leuten wird geben müssen. Er pflegt das, was er schreibt, den drei oder vier Personen zu widmen, die er häufig sieht. In manchen Momenten der Trostlosigkeit kommt es ihm so vor, als verstünden diese drei oder vier Personen gar nichts. Er bittet sein Schicksal, ihm neue Personen zu bringen, oder die alten mit dem alten Licht neu zu beleben. Während er darum bittet, erinnert er sich, daß sein Schicksal seinen Bitten kein Gehör zu schenken pflegt.

Er fürchtet nicht mehr, daß Erdbeben dazwischenkommen könnten. Er hat sich inzwischen daran gewöhnt, in bitteren und unbequemen Situationen zu schreiben, während Bedrückungen und Leiden auf ihm lasten, wie einer, der gelernt hat zu atmen, auch wenn er unter einem Schuttberg begraben liegt.

Als junger Mann war er mit Phantasie begabt. Er besaß nicht viel davon, aber doch etwas. Die Tatsache, daß er so wenig Phantasie hatte, machte ihn besorgt. Da er seit seiner Kindheit beschlossen hatte, ein Schriftsteller zu werden, fand er es sehr seltsam, so wenig Phantasie zu haben. Ihm war, als habe er auch sehr wenig Beobachtungsgabe. Er erfaßte, aus der Wirklichkeit rund um sich, eine sehr kleine Anzahl von Einzelheiten und barg sie sorgfältig in seiner Erinnerung; das Ganze aber erschien ihm in eine Dunstwolke gehüllt. Er war sehr zerstreut. Zuweilen fragte er sich, was seine Qualitäten als Schriftsteller seien. Es gelang ihm nicht, eine einzige an sich zu finden. Er dachte manchmal, daß er einfach schrieb, weil er es in einem weit zurückliegenden Alter beschlossen hatte. Es gab am Grunde seiner selbst einen dunklen, strudelnden Aufruhr, wie einen verborgenen Strom; und es schien ihm, als müsse sein Schreiben jenen Wassern entspringen. Doch es gelang ihm nicht, es dort herzuholen.

Seine Phantasie war weder abenteuerlich noch freigiebig. Es war eine unfruchtbare, kümmerliche und schmächtige Phantasie. Er dachte daran wie an ein zerbrechliches, empfindliches und kostbares Gut. Ihm schien, als trotzte er einem unfruchtbaren Boden wenige matte und traurige Blumen ab. Er hätte gern eine riesige Landschaft mit Wiesen und Wäldern gehabt. So fühlte er sich arm. Ihm schien, als müsse er sparsam mit seinen Gütern umgehen. Er war zugleich umsichtig, ungestüm und sparsam. Er war auch deshalb so ungestüm, weil es ihm vorkam, als würde er, wenn er zögerte, auch den Willen von sich abfallen sehen.

Mehr denn sparsam war er aber wahrhaft geizig. Er stellte sich wenige Dinge vor und sagte sie mit raschen, trockenen Worten. Da er das, was er schrieb, lieben wollte, gab er seinem Geiz den Namen Nüchternheit. Die Entschlossenheit, seine Fehler zu ignorieren, oder sie in etwas Edles, Liebenswertes und Schmeichelhaftes zu verwandeln, war sehr stark in ihm.

Zuweilen jedoch sagte er sich die Wahrheit. Er sagte sich, daß ihm sein Geiz nicht gefiel. Er fühlte sich wie gemacht für Verschwendung. Er hätte Ströme von Worten zu Papier bringen mögen: Seiten voller Strudel und Aufruhr, gleichzeitig aber durchsichtig und vollkommen. Seine Seiten dagegen waren von einer raschen, geordneten, sauberen und geizigen Klarheit. Diese Klarheit war verlogen, weil er in Wirklichkeit die Welt vor sich in Dunst gehüllt sah. So war er, außer geizig, auch noch ein Lügner. Sein Geiz kam von der Angst, seine kahle, brachliegende, neblige Welt zu offenbaren. Nur einen Spaltbreit gab er manchmal geizig den Blick auf jene Welt frei. Er packte und zählte ihre spärlichen Blumen. All dies in Eile, weil ihn sein Schuldgefühl verfolgte. Er fühlte sich wie ein Dieb: ein maßlos geiziger, berechnender und nervöser Dieb. In manchen Augenblicken der Klarheit fand er sich abscheulich.

Dennoch wiegte er sich in der Vorstellung, daß er später, in seiner Zukunft, plötzlich sehr viel Erfindungs- und Beobachtungsgabe entwickeln würde. Er würde eine unendliche und grünende Phantasie haben, weite wildwuchernde Wälder. Er würde auch großflächig Gedankenkultur betreiben. Dann würde er seine Güter beharrlich und freigiebig verteilen.

Jetzt ist seine Zukunft nur ein unterbrochenes, verwüstetes Stück Weg, wo kein Gras wächst. Seine Phantasie ist verschwunden. Er hat keine Schuldgefühle und keine Eile mehr. Er ist geduldig geworden. Er verbringt seine Stunden damit, die Worte zu drehen und zu wenden. Er verachtet sich, aber ohne Schuldgefühl: Er verachtet sich einfach, seine Geduld ist ihm unsympathisch. Mit der Phantasie ist auch der Geiz von ihm abgefallen: Er ist freigiebig geworden, er würde alles hergeben, was er besitzt: Nur kommt ihm manchmal der Zweifel, daß er nichts mehr besitzt.

Als er jung war, empfand er einen tiefen Neid auf seine schon geschriebenen Bücher. Es kam vor, daß er sie suchend und lauernd betrachtete, um herauszufinden, wie er es gemacht hatte, sie zu schreiben. Dann hat er bemerkt, daß solche Nachforschungen zwecklos waren. Er lernte nichts aus seinen Büchern: Sie anzustarren war, als starrte er auf eine weiße Wand.

Es gelang ihm nicht, eine unbeschwerte Beziehung zu seinen Büchern zu haben. Entweder sie gefielen ihm zu sehr oder sie ekelten ihn an. Er las sie unermüdlich immer wieder, da er sie um jeden Preis lieben wollte. Er dachte zu oft und zu viel an sie. Er fand sie mit bewundernswerter Nüchternheit und Raschheit geschrieben. Was ihm jetzt ihr Hauptfehler zu sein scheint, die Armut an Phantasie und der nervöse, kurze Atem, erschien ihm damals ein Reiz, und er war stolz darauf. Allerdings genügte es, daß jemand schlecht über seine Bücher sprach, und schon haßte er sie und zerpflückte sie innerlich. Dann graute ihm jahrelang so vor ihnen, daß er nie den Schrank öffnete, in dem er sie aufbewahrte. Nun begegnen ihm jene Bücher manchmal in seinen Gedanken; es kommt vor, daß er zu jenem Schrank geht, sie in die Hand nimmt und einen Augenblick lang darin blättert; er empfindet keinerlei Neid dabei und auch kein Grauen, nur einen leichten Widerwillen; aber sie erinnern ihn vor allem an die Momente, in denen er sie schrieb: Als er noch genug Phantasie hatte, um Dinge zu mischen und zu erfinden: Orte, die in seinem Gedächtnis verstreut liegen und dort eine Geographie bilden, in der nur er sich auskennt. Er denkt daran, daß er sich in dem Augenblick, da er von jenen Orten fortgehen mußte, weil er fertig war, traurig und verloren fühlte wie einer, der ein Dorf verlassen muß, in dem er jede Gasse und jedes Haus kennt und von dem er mit Sicherheit weiß, daß er nie mehr wird zurückkehren können; und wenn er sich an die große Hast und Raschheit erinnert, mit der er zu schreiben pflegte, so fragt er sich nun, welche Eile denn geboten gewesen sei, und warum er sich nicht länger dort an jenen Orten aufgehalten habe, die er mit großem Geiz, aber auch mit Präzision erfunden hatte.

Es gibt in seinen Büchern Wörter und Sätze, die ihm inzwischen seit Jahren verhaßt sind. Doch die Idee, sie auszulöschen und neu zu schreiben, berührt ihn nicht einmal. Verschiedene Leute haben jene Sätze schon gelesen, und es wäre zwecklos, sie zu tilgen. Und außerdem würde es ihn ekeln, ein Wort in jenen Büchern anzurühren; es erscheint ihm, als seien Sätze und Wörter dort in steinernem Frost erstarrt. Im Grunde hat er auch jetzt kein unbeschwertes Verhältnis zu seinen Büchern. Deshalb klappt er sie sofort wieder zu und stellt sie weg. Er hofft, daß andere Menschen sie lieben, da er sie eigentlich nicht liebt. Er empfindet seinen Büchern gegenüber eine Art eitler Toleranz. Sie lebt in ihm gemeinsam mit dem Ekel. Es kommt ihm jedoch so vor, als seien sowohl die Toleranz als auch der Ekel nicht so sehr auf jene Bücher bezogen als vielmehr auf das, was er selbst war, als er sie schrieb.

Dennoch denkt er manchmal, daß in ihm, in seiner geringen Liebe zu seinen Büchern, in seiner Weigerung, sie dort, wo er sie haßt, umzuschreiben, etwas Unschönes liegt, ein müder Verzicht darauf, vor sich selbst der durchsichtige und vollkommene Schriftsteller zu sein, der zu werden er gehofft hatte.

Er hat keine Lust mehr, etwas zu erfinden. Er weiß nicht, ob es deshalb ist, weil er müde ist und seine Phantasie tot ist – sie war immer armselig, zerbrechlich und krank, und jetzt ist sie tot –, oder vielmehr deshalb, weil er verstanden hat, daß er nicht dafür gemacht war zu erfinden, sondern dafür, Dinge zu erzählen, die er von sich oder anderen verstanden hatte, oder Dinge, die ihm wirklich geschehen waren.

Er weiß nicht, ob er den Tod seiner Phantasie als Verlust beklagen oder vielmehr als Befreiung begrüßen soll.

In der Vergangenheit nahm er zwar auch einige Merkmale aus seinem realen Leben, mischte sie aber und baute sie mit Erfindung um, so daß jene wenigen Merkmale nicht nur für die anderen, sondern auch für ihn selbst unkenntlich wurden. Seine Operation, die Dinge zu vermischen und durchzuknoten, war so rasch, daß er selbst gleich danach kaum noch wußte, sie vorgenommen zu haben: Und dennoch betrieb er indessen nervös seine Buchstabenklauberei und wog jede Zutat peinlich genau auf ihm eigenen geheimen Waagschalen. Manchmal fühlte er sich nicht wie ein Dieb, sondern wie eine Köchin, oder besser, wie ein Apotheker. Zum Schluß hatte er etwas vor sich, bei dem das Wirkliche eine absolute und totale Metamorphose durchgemacht hatte.

Eine solche Metamorphose kann oder will sein Geist nicht mehr vollziehen. Wenn er nun einen Zipfel seines realen Lebens hervorziehen, durchkneten und manipulieren möchte, wie er es früher tat, kommt es ihm so vor, als zöge jeder Zipfel alles hinter sich her. Seine kleinen Waagschalen werden umgeworfen und fortgerissen. Er fühlt sich nun weder wie ein Apotheker noch wie eine Köchin. Er fühlt sich nicht einmal mehr wie ein Dieb, weil er nicht den Wunsch hat, zu fliehen. Außerdem wüßte er nicht, wohin er fliehen sollte. Er fühlt sich er selbst. Er ist nicht mehr geizig, da es ihm ja auch unmöglich wäre, das Wahre abzumessen. Er ist so langsam und geduldig geworden, weil das Wahre Arabesken vor ihn hinzeichnet, die er nur schwer entziffern kann. Sie zu entziffern erscheint ihm jedoch wesentlich. Sein Gedanke bleibt zuweilen darin hängen. Er findet es schwierig, ihn wieder zu befreien, weil sein Verstand sehr unsicher und verwirrt ist. Darüber hinaus bekommt er ab und zu Angst, daß jene Arabesken nur ihm am Herzen liegen. Die Vorstellung, nur für sich selbst zu schreiben, hat er immer gehaßt. Auch als er noch so geizig war, konnte er diese Vorstellung nicht ertragen. Die drei oder vier Personen, denen er nun das, was er schreibt, vorzulegen pflegt, geben widersprüchliche Meinungen darüber ab, und er weiß nicht, wer von ihnen Unrecht oder Recht hat. Es gelingt ihm nicht, hinter ihnen noch andere zu sehen. In manchen Augenblicken fühlt er sich erschlagen von der Vorstellung, daß er jetzt vielleicht nur noch schreibt, um sich selbst zu entziffern. Es scheint ihm eine vollkommen nutzlose Mühe zu sein. Er hat keine Schuldgefühle, weil er nicht denkt, daß er andere, nützlichere Dinge tun könnte. In seinem Kopf gibt es nicht den Plan oder den Wunsch, etwas anderes zu tun. Er fühlt sich darauf festgenagelt, bis er stirbt.

Das Wahre bringt ihm Erinnerungen nahe, die ihn leiden lassen. Er hat sich zwar daran gewöhnt, von einem Trümmerhaufen erdrückt zu schreiben; doch er fürchtet, daß er sich beim Berühren so vieler Erinnerungen Hände und Augen verbrennt. Zudem fürchtet er, daß seine Erinnerungen auch anderen Menschen wehtun, die in seinem Leben präsent sind und die er liebt. Verglichen damit, das Wahre zu erzählen, kommt es ihm so vor, als sei Erfinden für ihn, wie wenn er mit einem Wurf kleiner Kätzchen spielte; das Wahre zu erzählen ist für ihn, als bewegte er sich mitten in einem Rudel Tiger. Zuweilen sagt er sich, daß einem Schriftsteller alles erlaubt ist, wenn er nur schreibt: auch Tiger freizulassen und sie spazierenzuführen. In Wahrheit jedoch scheint es ihm nicht so, als hätten die Schriftsteller andere Rechte als die übrigen Leute. Also steht er vor einem Problem, das er nicht zu lösen weiß. Er will kein Tigerhüter sein.

Er denkt, daß er alles falsch gemacht habe, vom ersten Augenblick an, in dem er, als Junge, zu schreiben begonnen hat. Er hätte die Erfindung lieben müssen, so wie er jetzt das Wahre liebt. Statt dessen ist die Liebe, die er der Erfindung zugewandt hat, wenig und kalt gewesen. Sie hat ihm darauf nur mit geizigen, eisigen Bildern geantwortet.

Jetzt fordert er vom Wahren, daß es ihm das bringen

soll, was die Erfindung ihm nie gegeben hat. Während er es fordert, wird ihm klar, daß er etwas Unmögliches fordert. In dem Augenblick, in dem er das Wahre erzählen will, verliert er sich in der Betrachtung der Gewalt und Unermeßlichkeit.

Er denkt, daß er nie etwas anderes getan habe, als Irrtümer auf Irrtümer zu häufen. Wie dumm er gewesen ist. Er hat sich auch eine große Menge dummer Fragen gestellt. Er hat sich gefragt, ob Schreiben eine Pflicht oder eine Lust für ihn war. Dummkopf. Es war weder das eine noch das andere. In den besten Augenblicken war und ist es für ihn: die Erde bewohnen.

Anmerkung

In diesem Band sind fast alle Schriften vereint, die ich von Dezember 1968 bis Oktober 1970 in der Turiner Tageszeitung »La Stampa« veröffentlicht habe. Ich danke der »Stampa« für die Erlaubnis, sie erneut zu publizieren.

Die Erzählung *La casa (Die Wohnung)* erschien 1965 in der Mailänder Tageszeitung »Il Giorno« und dann in der zweiwöchig erscheinenden Zeitschrift »Romanzi e racconti«.

I baffi bianchi (Der weiße Schnauzbart) und *Ritratto di scrittore (Porträt eines Schriftstellers)* sind bisher unveröffentlicht.

Ich hatte mir überlegt, die Schriften in zwei Abteilungen zu sortieren: auf der einen Seite die nach der Erinnerung geschriebenen Sachen oder Erzählungen, auf der anderen Seite die übrigen. Beim Sortieren habe ich jedoch bemerkt, daß die Erinnerung sich oft auch in die Schriften mischte, die in die andere Abteilung gehörten. Daraufhin habe ich auf die Teilung verzichtet und sie chronologisch angeordnet.

Es ist mir nie gelungen, ein Tagebuch zu schreiben: Diese Schriften sind vielleicht so etwas wie ein Tagebuch, in dem Sinn, daß ich darin vermerkt habe, was mir so nach und nach einfiel oder was ich gerade dachte; deshalb ist die chronologische Ordnung im Grunde die richtigste.

November 1970

In die Neuauflage des vorliegenden Bandes nach vielen Jahren habe ich die Erzählung *Luna Pallidassi* mit aufnehmen wollen, die im Sommer 1976 im »Corriere della Sera« und kürzlich in der Ausgabe meiner Werke (in der Reihe der »Meridiani« bei Mondadori) erschienen ist. Da sie in gewisser Weise die Fortsetzung meiner Erzählung *Der weiße Schnauzbart* darstellt, habe ich es für nötig gehalten, sie dieser folgen zu lassen, also hier die chronologische Ordnung außer acht gelassen, die bei den anderen Schriften eingehalten wurde.

Januar 1989   N. G.

© Verlag Klaus Wagenbach

NATALIA GINZBURG, 1916 in Palermo geboren, verbrachte ihre Kindheit und Jugend in Turin und lebte danach in Rom, wo sie im Oktober 1991 starb.
Zuletzt erschienen bei Wagenbach ihr Roman *Die Stadt und das Haus* und im WAT die Erzählungen *Ein Mann und eine Frau*

Natalia Ginzburg im Verlag Klaus Wagenbach

Anton Čechov
Ein Leben
Anton Čechov, der große russische Menschenschilderer, beschrieben
von seiner italienischen Kollegin Natalia Ginzburg:
Das Portrait eines kurzen, bescheidenen Lebens
und eines sehr folgenreichen »Schreibens ohne Kommentar«.
Aus dem Italienischen von Maja Pflug
SVLTO. Rotes Leinen. 96 Seiten mit vielen Photos

Das imaginäre Leben
Unveröffentlichte Texte über die Tapferkeit vor der Freundin
oder dem Freund:
Warum wir nicht so leben, wie wir träumen,
und warum wir trotzdem träumen müssen.
Aus dem Italienischen von Maja Pflug
SVLTO. Rotes Leinen. 128 Seiten

Schütze
Die Pläne beim Älterwerden und wie sie scheitern, oder:
Die Mutter als Quälgeist.
»Eine unverkennbare, leise und eindringliche Stimme:
Nichts sagen, als was ist und das in der Form des Kennworts.«
Kyra Stromberg
Aus dem Italienischen von Maja Pflug
SVLTO. Rotes Leinen. 112 Seiten

Die Stadt und das Haus
Roman
In ihrem letzten großen Roman, Die Stadt und das Haus,
ruft Natalia Ginzburg noch einmal die Figuren herbei, die wir schon
in den früheren Romanen kennengelernt haben:
Auf dem Höhepunkt ihres literarischen Könnens gelingt ihr
nicht nur ein breites Panorama der Zeit, sondern auch
von Schicksalen, die sich in unser Gedächtnis einnisten.
Aus dem Italienischen von Maja Pflug
Quartbuch. Leinen. 272 Seiten

Die Straße in die Stadt
Roman
Bereits in ihrem ersten Roman findet Natalia Ginzburg zu ihrem
trockenen, unverkennbaren Stil: Scheinbar unbeteiligt erzählt
die junge Delia ihre Geschichte. Wird sie einen Weg finden in die
ersehnte Stadt und ins bürgerliche Leben?
Und mit welchen Kompromissen wird er gepflastert sein?
»›Die Straße in die Stadt‹, der erste Roman Natalia Ginzburgs, ist
eines ihrer schönsten Bücher, ein Buch ohne Falten: Es verliert nie an
Frische und behält bei jeder neuen Lektüre seine wilde jugendliche
Spröde.« Cesare Garboli
Aus dem Italienischen von Maja Pflug
SVLTO. Rotes Leinen. 96 Seiten

Valentino
Ein Roman und fünf Erzählungen
Der Roman ›Valentino‹ und die fünf Erzählungen sind meisterhafte
Beispiele für Natalia Ginzburgs charakteristischen Stil
und ihre großen Themen:
wie langweilig ist das klassische Rollenverhältnis –
und wie spannend.
Aus dem Italienischen von Maja Pflug
WAT 286. 128 Seiten

Die kaputten Schuhe
Sechs Erzählungen
Sechs kostbare Betrachtungen und Erzählungen darüber,
wie es zugeht unter Leuten, die sich gern haben,
aber in schwierigen Zeiten leben.
Wie man statt der kleinen Tugenden die großen wählen sollte.
»In schlichtem, aber eindringlichem Ton schrieb
Natalia Ginzburg über das Leben in der Familie und
meinte doch das ganze Leben.« Elle
Aus dem Italienischen von Maja Pflug
WAT 321. 80 Seiten

Neu im SVLTO

D. H. Lawrence
Du hast mich angefaßt
David Herbert Lawrence führt den Leser in seinen Liebesgeschichten
vom bürgerlichen England der Jahrhundertwende bis
in das sonnige und sinnliche Italien der zwanziger Jahre,
das er selbst auf seinen Reisen als persönliche Befreiung erlebte.
Ausgewählt von Andreas Paschedag
SVLTO. Rotes Leinen. 128 Seiten

Heinz Berggruen
Monsieur Picasso und Herr Schaften
Erinnerungsstücke
Der bekannte Kunstsammler und Kunstmäzen Heinz Berggruen
erzählt über seine Begegnungen mit Künstlern und mit der Kunst,
über die Rückkehr nach Berlin,
Wiederbegegnungen und altmodische Dinge.
Erinnerungsstücke
SVLTO. Rotes Leinen. 80 Seiten mit vielen Abbildungen

Javier Marías
Das Leben der Gespenster
Acht Stücke, die den Blick freigeben auf die Vorlieben
und Leidenschaften, die Obessionen und Abneigungen
eines berühmten Autors.
Javier Marías verabredet sich mit literarischen Gespenstern,
liest politische Leviten und geht vor
seinem Lieblingsfilm auf die Knie.
Aus dem Spanischen von Renata Zuniga
SVLTO. Rotes Leinen. 96 Seiten

Carlo M. Cipolla
Allegro ma non troppo
Die Rolle der Gewürze und die Prinzipien der menschlichen Dummheit
Eine höchst amüsante und liebevoll ironische Satire auf
angestrengtes und bedeutungsschweres wissenschaftliches Schreiben
– von der wir, ob »unbedarft« oder »intelligent«,
jede Menge lernen können.
Aus dem Italienischen von Moshe Kahn
SVLTO. Rotes Leinen. 96 Seiten mit vielen Abbildungen

Johanes Bobrowski
Im Sturm
Gedichte und Prosa
Johannes Bobrowski (1917–1965), der Dichter und Chronist
»Sarmatiens«, der Landschaft zwischen Ostpreußen und Litauen,
wird hier in einer repräsentativen Auswahl vorgestellt.
Es sind die wichtigsten Gedichte aus den drei Lyrik-Bänden
Sarmatische Zeit, Schattenland Ströme und *Wetterzeichen*;
die beiden ersten erschienen zu Lebzeiten des Autors,
den letzten stellte er noch zusammen.
Auswahl und Nachwort von Klaus Wagenbach
SVLTO. Rotes Leinen. 96 Seiten

Wenn Sie mehr über den Verlag und seine Bücher wissen möchten,
schreiben Sie uns eine Postkarte.
Wir schicken Ihnen gern die *Zwiebel*, unseren Westentaschen-
almanach mit Lesetexten aus den Büchern, Photos und Nachrichten
aus dem Verlagskontor. Kostenlos, auf Lebenszeit!

Verlag Klaus Wagenbach, Emser Straße 40/41, 10719 Berlin

Nie sollst du mich befragen
erschien als 98. S*V*LTO im März 2001

1196